Karl Heinrich Waggerl

Als den Hirten der Stern erschien

HERDER spektrum

Band 5073

Das Werk

Humorvoll und realistisch, anheimelnd innig und inspiriert aus der ungebrochenen Liebe einer Kindheit in „fröhlicher Armut“ – kaum ein anderer hat die lichte Wärme einer vom Geheimnis umstrahlten Weihnacht so in seine Erzählkunst gefaßt wie Karl Heinrich Waggerl. In einer gehetzten und konsumorientierten Zeit vermittelt die besinnliche Heiterkeit seiner Texte für viele Menschen den Gefühlswert einer tieferen Erfahrung dieses hohen Festes und die Erinnerung an eine geborgene Kindheit. Der Advent, „die stillste Zeit im Jahr“, die Zeit der freudigen und hoffnungsvollen Erwartung, war Waggerls Zeit. Und auch das Weihnachtsgeschehen hat er immer wieder mit der Phantasie eines barocken Krippenbauers ausgemalt. In den legendarischen Geschichten „Und es begab sich…“ erzählt er etwa, wieso das Christkind lächeln mußte und warum der schwarze König Melchior so froh wurde oder wieso der furchtbare Räuber Horrificus vor dem Christkind tanzte. Kindheitserinnerungen finden sich in diesem Buch ebenso wie Erzählungen von der Krippe und legendarische Geschichten. Ein Buch, das eine beherzigenswerte Botschaft hat – eine Hoffnung und einen Traum: Hinter jeder Wolke der Trübsal glänzt ein Stern der Verheißung. Weihnachten, kein Fest, „damit wir klüger, sondern damit wir gütiger werden“.

Der Autor

Karl Heinrich Waggerl, 1897–1973, nach harter und entbehrungsreicher Jugend Lehrer, Zeichner, dann freier Schriftsteller in Wagrain bei Salzburg. Er wurde berühmt für seine Schilderungen aus dem Leben einfacher bäuerlicher Menschen, für seine sinnlichen Naturschilderungen und für seine Fabulierkunst. Begründer, Inspirator und langjähriger spiritus rector der weltberühmten „Salzburger Adventssingen“ (mit dem Volksmusikanten Tobi Reiser). Waggerls Bücher sind in über sieben Millionen Exemplaren verbreitet. Ausgezeichnet u. a. mit dem Großen Österreichischen Staatspreis für Literatur und der Adalbert-Stifter-Medaille.

Karl Heinrich Waggerl

Als den Hirten der Stern erschien

Meine schönsten Weihnachtsgeschichten

HERDER

FREIBURG · BASEL · WIEN

Gedruckt auf umweltfreundlichem,
chlorfrei gebleichtem Papier

9. Auflage

Verlag Herder Freiburg im Breisgau 1998
www.herder.de
Lizenzausgabe mit freundlicher Genehmigung
des Verlags Otto Müller Salzburg
Satz: DTP-Studio Helmut Quilitz
Herstellung: fgb · freiburger graphische betriebe 2004
www.fgb.de
Umschlaggestaltung und Konzeption:
R·M·E München / Roland Eschlbeck, Liana Tuchel
Umschlagbild: Oskar Kokoschka,
Postkarte für die Wiener Werkstätte,
1907/1908, © VG Bild-Kunst, Bonn 1997
ISBN 3-451-05073-0

INHALT

DIE STILLSTE ZEIT IM JAHR

ADVENT, das ist die stillste Zeit im Jahr, wie es im Liede heißt, die Zeit der frohen Zuversicht und der gläubigen Hoffnung. Es mag ja nur eine Binsenweisheit sein, aber es ist eine von den ganz verläßlichen Binsenweisheiten, daß hinter jeder Wolke der Trübsal doch immer auch ein Stern der Verheißung glänzt. Daran trösten wir uns in diesen Wochen, wenn Nacht und Kälte unaufhaltsam zu wachsen scheinen. Wir wissen ja doch, und wir wissen es ganz sicher, daß die finsteren Mächte unterliegen werden, an dem Tag, mit dem die Sonne sich wendet, und in der Nacht, in der uns das Heil der Welt geboren wurde.

Für die Leute in den Städten hat der Advent kein großes Geheimnis mehr. Ihnen ist es nur unbequem und lästig, wenn die ersten Fröste kommen, wenn der Nebel in die Straßen fällt und das karge Licht des Tages noch mehr verkürzt. Aber der

Mensch auf dem Lande, in entlegenen Tälern und einschichtigen Dörfern, der steht den gewaltigen Kräften der Natur noch unmittelbar gegenüber. Stürme toben durch die Wälder herab und ersticken ihm das Feuer auf dem Herd, er sieht die Sonne auf ihrem kurzen Weg von Berg zu Berg krank werden und hinsterben, grausig finster sind die Nächte, und der Schneedonner schreckt das Wild aus seinen Zuflüchten. Noch in meiner Kindheit gab es kein Licht in der Stube außer von einer armseligen Talgkerze. Der Wind rüttelte am Fensterladen und schnaufte durch die Ritzen, das hörte sich an wie der Atem eines Ungeheuers, das draußen herumging mit tappenden Hufen und schnupperte, an der Wand, an den Dachschindeln, überall. Wie gut, wenn ein Licht dabei brannte, gottlob für einen winzigen Funken Licht in der schrecklichen Finsternis!

Immer am zweiten Sonntag im Advent stieg der Vater auf den Dachboden und brachte die große Schachtel mit dem Krippenzeug herunter. Ein paar lange Abende wurde dann fleißig geleimt und gemalt, etliche Schäfchen waren ja lahm geworden, und der Esel mußte einen neuen Schwanz bekommen, weil er ihn in jedem Sommer abwarf wie ein Hirsch sein Geweih. Aber endlich stand der Berg wieder wie neu auf der Fensterbank, mit glänzendem Flitter angeschneit, die mächtige Burg mit der Fahne auf den Zinnen und darunter der Stall. Das war eine recht gemütliche Behausung, eine Stube eigentlich, sogar der Herrgottswinkel fehlte nicht und ein winziges ewiges Licht unter dem Kreuz. Unsere Liebe Frau kniete im seidenen Mantel vor der Krippe, und auf der Strohschütte lag das rosige Himmelskind, leider auch nicht mehr ganz heil, seit ich versucht hatte, ihm mit der Brennschere neue Locken zu drehen. Hinten aber standen Ochs und Esel und bestaunten das Wunder. Der Ochs bekam sogar ein Büschel Heu ins Maul gesteckt. Aber er fraß es ja nie. Und so ist es mit allen Ochsen, sie schauen nur und schauen und begreifen rein gar nichts.

Weil der Vater selber Zimmermann war, hielt

er viel darauf, daß auch sein Patron, der heilige Joseph, nicht nur so herumlehnte, er dachte sich in jedem Jahr ein anderes Geschäft für ihn aus. Joseph mußte Holz hacken oder die Suppe kochen oder mit der Laterne die Hirten hereinweisen, die von überallher gelaufen kamen und Käse mitbrachten oder Brot, und was sonst arme Leute zu schenken haben.

Es hauste freilich ein recht ungleiches Volk in unserer Krippe, ein Jäger, der zwei Wilddiebe am Strick hinter sich herzog, aber auch etliche Zinnsoldaten und der Fürst Bismarck und überhaupt alle Bresthaften aus der Spielzeugkiste.

Ganz zuletzt kam der Augenblick, auf den ich schon tagelang lauerte. Der Vater klemmte plötzlich meine Schwester zwischen die Knie, und ich durfte ihr das längste Haar aus dem Zopf ziehen, ein ganzes Büschel mitunter, damit man genügend Auswahl hatte, wenn dann ein golden gefiederter Engel darangeknüpft und über der Krippe aufgehängt wurde, damit er sich unmerklich drehte und wachsam umherblickte.

Das Gloria sangen wir selber dazu. Es klang vielleicht ein bißchen zu grob in unserer breiten Mundart, aber Gott schaut seinen Kindern ja ins Herz und nicht in den Kopf oder aufs Maul. Und es ist auch gar nicht so, daß er etwa nur Latein verstünde.

Mitunter stimmten wir auch noch das Lieblingslied der Mutter an, das vom Tannenbaum. Sie beklagte es ja oft, daß wir so gar keine musikalische Familie waren. Nur sie selber konnte gut singen, hinreißend schön für meine Begriffe, sie war ja auch in ihrer Jugend Kellnerin gewesen. Wir freilich kamen nie über eine Strophe hinaus. Schon bei den ersten Tönen fing die Schwester aus übergroßer Ergriffenheit zu schluchzen an. Der Vater hielt ein paar Takte länger aus, bis er endlich merkte, daß seine Weise in ein ganz anderes Lied gehörte, in das von dem Kanonier auf der Wacht. Ich selber aber konnte in meinem verbohrten Grübeln, wieso denn ein Tannenbaum zur Winterzeit grüne Blätter hat, die zweite Stimme nicht halten. Daraufhin brachte die Mutter auch mich mit einen

Kopfstück zum Schweigen und sang das Lied als Solo zu Ende, wie sie es gleich hätte tun sollen.

Advent, sagt man, sei die stillste Zeit im Jahr. Aber in meinem Bubenalter war es keineswegs die stillste Zeit. In diesen Wochen lief die Mutter mit hochroten Wangen herum, wie mit Sprengpulver geladen, und die Luft in der Küche war sozusagen geschwängert mit Ohrfeigen. Dabei roch die Mutter so unbeschreiblich gut, überhaupt ist ja der Advent die Zeit der köstlichen Gerüche. Es duftet nach Wachslichtern, nach angesengtem Reisig, nach Weihrauch und Bratäpfeln. Ich sage ja nichts gegen Lavendel und Rosenwasser, aber Vanille riecht doch eigentlich viel besser, oder Zimt und Mandeln.

Mich ereilten dann die qualvollen Stunden des Teigrührens. Vier Vaterunser das Fett, drei die Eier, ein ganzer Rosenkranz für Zucker und Mehl. Die Mutter hatte die Gewohnheit, alles Zeitliche in ihrer Kochkunst nach Vaterunsern zu bemessen, aber die mußten laut und sorgfältig gebetet werden, damit ich keine Gelegenheit fände, den Finger in den köstlichen Teig zu tauchen. Wenn ich nur erst den Bubenstrümpfen entwachsen wäre, schwor ich mir damals, dann wollte ich eine ganze Schüssel voll Kuchenteig aufessen, und die Köchin sollte beim geheizten Ofen stehen und mir dabei zuschauen müssen! Aber leider, das ist einer von den Knabenträumen geblieben, die sich nie erfüllt haben.

Am Abend nach dem Essen wurde der Schmuck für den Christbaum erzeugt. Auch das war ein unheilschwangeres Geschäft. Damals konnte man noch ein Buch echten Blattgoldes für ein paar Kreuzer beim Krämer kaufen. Aber nun galt es, Nüsse in Leimwasser zu tauchen und ein hauchdünnes Goldhäutchen herumzublasen. Das Schwierige bei der Sache war, daß man sonst nirgendwo Luft von sich geben durfte. Wir saßen alle in der Runde und liefen blaurot an vor Atemnot, und dann geschah es eben doch, daß plötzlich jemand niesen mußte. Im gleichen Augenblick segelte eine Wolke von glänzenden Schmetterlingen durch die Stube. Einerlei, wer den Zauber verschuldet hatte, das Kopfstück bekam jedenfalls wieder ich, obwohl das nur bewirkte, daß sich der goldene Unsegen von neuem in die Lüfte hob. Ich wurde dann in die Schlafkammer verbannt und mußte Silberpapier um Lebkuchen wickeln, – um gezählte Lebkuchen.

Heutzutage weiß man nicht mehr viel von alten Weihnachtsbräuchen, wie etwa das Anglöckeln einer war. Ich wüßte nicht zu sagen, was für ein tieferer Sinn in dieser Sitte liegen könnte, vielleicht steckt wirklich noch ein Rest von Magie aus der Heidenzeit dahinter, wie manche Gelehrten meinen. Meine Mutter jedenfalls hielt dafür, daß es ein frommer Brauch sei, und deshalb durfte auch ich mit meiner Schwester und dem Nachbarbuben auf die Reise gehen. Was dazu an Verkleidung nötig war, besorgte der Vater mit einer unerschöpflichen Phantasie. Unter seinen Händen verwandelten wir uns in seltsame Zwitterwesen, halb Engel, halb Gespenst. Aber uns machte es weiter kein Kopfzerbrechen, wen wir eigentlich darstellen sollten, die Heiligen Drei Könige oder bloß etliche von den vierzig Räubern. Das Wichtigste an der ganzen Ausrüstung war jedenfalls ein geräumiger Sack. Mit dem zogen wir abends von Tür zu Tür und sangen, was uns gerade einfiel, Heiliges und Unheiliges durcheinander. Manchmal kam gleich ein ungehobelter Hund dazwischen, der uns an die Beine fuhr, statt andächtig zuzuhören, aber gewöhnlich konnten wir mit dem Erfolg zufrieden sein, aus Gründen freilich, die ich damals nicht richtig einschätzte. Denn die Leute stürzten sofort an die Türen, wenn wir unseren Gesang anstimmten, und stopften uns eilig Kletzenbrot und Äpfel in den Sack, nur damit wir gleich wieder aufhörten und weiterzögen. Das taten wir auch bereitwillig, sobald unsere Fracht genügend angewachsen war. Ich wollte, es wäre dabei geblieben, und meine Zuhörer belohnten mich auch heute noch dafür, daß ich schweige.

„Und als Maria und Joseph nach Bethlehem kamen“, berichtet die Schrift, „da erfüllte sich ihre

Stunde, und sie gebar ihren ersten Sohn und wickelte ihn in Linnen und legte ihn in eine Krippe, denn es war für sie kein Platz in der Herberge."

Mit diesen wenigen verhaltenen Worten erzählt der Evangelist die rührende Geschichte von der verachteten Armut, mit zwei Worten eigentlich. Denn er meint nicht nur, daß die Gasthäuser des Andrangs wegen überfüllt gewesen seien. Für sie, sagt er, war kein Platz in der Herberge.

Und so hat das Volk diese Begebenheit von jeher gern dargestellt, als ein Gleichnis dafür, daß Gott seine Werke nicht mit großem Gepränge tut, sondern in der Stille, und als eine Mahnung für uns alle: Der armselige Zimmermann tritt auf, Maria in ihrer Bedrängnis, und der tüchtige Wirt, der dem Ärgernis entrüstet die Türe weist und nicht ahnt, daß er das Heil seiner Seele aus dem Haus gejagt hat.

Früher einmal war es auch überall auf dem Lande Brauch, daß man sich beim Vogelhändler umsah, wenn die Tage kurz wurden. Man handelte sich einen Gast für den langen Winter bei ihm ein, je nach Gemütsart, der Schuster vielleicht einen dicken Gimpel, die Kellnerin den Stieglitz oder ein paar mausgeschwinde Zeisige. Heute hätte ich ja meine Zweifel, ob solch einem Vogel nicht doch die Freiheit in Busch und Baum lieber wäre als das behagliche Dasein in der Steige. Aber in der unbekümmerten Kindheit war ich selber fleißig hinter den Vögeln her. Nur hatte ich zu meinem Kummer gar kein Glück bei diesem Geschäft. Nicht einmal ein Hänfling geriet mir je in die Hände. Nur Spatzen fing ich zu Dutzenden. Sie hockten vor meinem Schlaghäuschen wie die Landstreicher vor der Klostertüre und warteten, bis sie nacheinander an die Reihe kamen. Dem Behäbigsten unter ihnen malte ich mit meinen Wasserfarben einen brandroten Bauch, damit ihn die Mutter als Gimpel gelten ließe. Aber sosehr wir uns beide Mühe gaben, das Singen erlernte er doch nicht. Und schließlich, weil er feine Manieren annahm und morgens zu baden pflegte, färbte er auch noch ab. Es half nichts, ich mußte ihn doch wieder entlassen.

Man sagt ja, ein Spatzenpaar sei einmal bis in den Himmel hinaufgeflogen, um sich beim Schöpfer selber zu beklagen, weil sie seinerzeit gar nichts an Vorzügen mitbekommen hätten. Nun müßten sie sich bettelarm durchschlagen und kümmerlich von dem ernähren, was andere Tiere fallen ließen, während Fink und Star sich wenigstens im Winter bei den Leuten mästen durften.

Und als sie nun gefragt wurden, welche Art Gefieder sie denn wünschten, sagte die Spätzin schnell: „aus Gold", und was den Gesang betraf, so meinte der Spatz, klüger als sein Weib: „von jedem ein bißchen". Da lächelte der Herr, er nahm die beiden auf seinen Finger, so daß sie gleich goldgelb anliefen. Und als sie voll Entzücken die Schnäbel aufrissen, gab er ihnen ein wenig vom Gesang aller Vögel in die Kehle. Spatz und Spätzin legten sich augenblicklich einen Künstlernamen zu und nannten sich „Kanari". Sie hatten viele Kinder und sind eine angesehene Familie bis auf den heutigen Tag. Nur die Gelehrten wissen, daß sie eigentlich doch zur Sippe der Sperlinge gehören.

Für mich begann in der Kindheit der Advent damit, daß mich die Mutter eines Morgens weit früher als sonst aus dem Bett holte. Der Mesner läutete immer schon die Viertelglocke, wenn ich endlich halb im Traum zur Kirche stolperte. Nirgends ein Licht in der bitterkalten Finsternis, und oft mußte ich mich mit Händen und Füßen durch den tiefen Schnee wühlen, es war ja noch kein Mensch vor mir unterwegs gewesen. In der Sakristei kniete der Mesner vor dem Ofen und blies in die Glut, damit wenigstens das Weihwasser im Kessel auftaute. Aber mir blieb ja keine Zeit, die Finger zu wärmen, der Pfarrer wartete schon, daß ich in meine Albe schlöffe und ihm mit der Schelle voranginge. Bitterkalt war es auch in der Kirche. Die Kerzenflammen am Altar standen reglos wie gefroren, und nur wenn sich die Tür öffnete und Wind und Schnee hereinfuhren, zuckten die Lichter erschreckt zusammen. Die Kirchleute drückten das Tor eilig wieder zu, sie rumpelten schwerfällig in die Bänke, und dann klebten sie ihre Adventskerze vor sich auf das Pult und falteten die Hände um das wärmende Licht. Indessen schleppte ich das Meßbuch hin und her und läutete zur passenden Zeit, und wenn ich einmal länger zu knien hatte, schlief ich wohl auch wieder ein. Dann räusperte sich der Pfarrer vernehmlich, um mich aufzuwecken. Ihn allein focht kein Ungemach an. „Rorate coeli", betete er laut und inbrünstig, „tauet, Himmel, den Gerechten". Und dann war doch alles wieder herzbewegend schön und feierlich, der dämmerige Glanz im Kirchenschiff der weiße Atemdampf vor den Mündern der Leute, wenn sie dem Pfarrer antworteten, und er selbst, unbeirrbar in der Würde des guten Hirten. Nachher standen wir zu dritt hinterm Ofen in der Sakristei. Der Mesner schüttelte die eiserne Pfanne und hob den Deckel ab und speiste uns alle mit gebratenen Kastanien. Ich hüpfte von einem Fuß auf den andern, und auch der Pfarrer rollte die heißen Kugeln eine Weile im Mund hin und her. Es war vielleicht keine Sünde, wenn ich nebenbei flink vorausrechnete, wie lange es wohl noch dauerte, bis er mir zur Weihnacht meinen

Lohn in die Hand drücken würde, einen ganzen Gulden.

Zu Anfang Dezember, in den unheimlichen Tagen, während Sankt Nikolaus mit dem Klaubauf unterwegs war, wurde ich in den Wald geschickt, um den Christbaum zu holen. Mit Axt und Säge zog ich aus, von der Mutter bis zum Hals in Wolle gewickelt und mit einem geweihten Pfennig versehen, damit mich ein heiliger Nothelfer finden konnte, wenn ich mich etwa verirrte. Ein Wunder von einem Baum stand mir vor Augen, mannshoch und sehr dicht beastet, denn er sollte nachher ja auch viel tragen können. Stundenlang kroch ich im Unterholz herum, aber ein Baum im Wald sieht sich ganz anders an als einer in der Stube. Wenn ich meine Beute endlich daheim in die Waschküche schleppte, hatte sich das schlanke, pfeilgerade Stämmchen doch wieder in ein krummes und kümmerliches Gewächs verwandelt, auch der Vater betrachtete es mit Sorge. Er mußte seine ganze Zimmermannskunst aufwenden, um das Ärgste zurechtzubiegen, ehe uns die Mutter dazwischenkam.

Einer unter den Weihnachtsbräuchen, und eigentlich der freundlichste von allen, ist mir selber nach und nach zu einem Alpdruck geworden, nämlich die Sitte des Schenkens. Nicht, daß ich etwa ein Ausbund an Geiz und Habsucht wäre, aber in jedem Jahr stelle ich eine umständliche Rechnung an, weil ich mir nicht erklären kann, wie es zugeht, daß jedermann so viel schenken muß und selber so wenig bekommt. Bei uns daheim war die Sache nicht weiter schwierig. Der Vater fand jedesmal ein Paar gestickte Hausschuhe unter dem Baum, völlig ahnungslos natürlich, er wußte es nur immer so einzurichten, daß die alten Pantoffel erst am Heiligen Abend ihre Sohlen verloren. Der Mutter hingegen wurde ihr blaues Schürzenzeug überreicht, in zahllosen Schachteln verschnürt, und dann hörten wir alle geduldig eine Weile ihr Gejammer an – wie leichtsinnig es sei, so viel Geld für sie auszugeben.

Kurz vor dem Fest, sinnigerweise am Tag des ungläubigen Thomas, mußte der Wunschzettel für das Christkind geschrieben werden, ohne Kleckse und Fehler, versteht sich, und mit Farben sauber ausgemalt. Zuoberst verzeichnete ich anstandshalber, was ja ohnehin von selber eintraf, die Pudelhaube oder jene Art von Wollstrümpfen, die so entsetzlich bissen, als ob sie mit Ameisen gefüllt wären. Darunter aber schrieb ich Jahr für Jahr mit hoffnungsloser Geduld den kühnsten meiner Träume, den Anker-Steinbaukasten, ein Wunderwerk nach allem, was ich davon gehört hatte. Ich glaube ja heute noch, daß sogar die Architekten der Jahrhundertwende ihre Eingebungen von dorther bezogen haben.

Aber ich selber bekam ihn ja nie, wahrscheinlich wegen der ungemein sorgfältigen Buchhaltung im Himmel, die alles genau verzeichnete, gestohlene Zuckerstücke und zerbrochene Fensterscheiben und ähnliche Missetaten, die sich durch ein paar Tage auffälliger Frömmigkeit vor Weihnachten auch nicht mehr abgelten ließen.

Wenn mein Wunschzettel endlich fertig vor dem Fenster lag, mußte ich aus brüderlicher Liebe auch noch den für meine Schwester schreiben. Ungemein zungenfertig plapperte sie von einer Schlafpuppe, einem Kramladen – lauter albernes Zeug. Da und dort schrieb ich wohl ein heimliches „Muß nicht sein“ dazu, aber vergeblich. Am Heiligen Abend konnte sie doch eine Menge von Früchten ihrer Unverschämtheit ernten.

Der Vater, als Haupt und Ernährer unserer Familie, brauchte natürlich keinen Wunschzettel zu liefern. Für ihn dachte sich die Mutter in jedem Jahr etwas Besonderes aus. Ich erinnere mich noch an ein Sitzkissen, das sie ihm einmal bescherte, ein Wunderwerk aus bemaltem Samt, mit einer Goldschnur eingefaßt. Er bestaunte es auch sehr und lobte es überschwenglich, aber eine Weile später schob er es doch heimlich wieder zur Seite. Offenbar wagte es nicht einmal er, auf einem röhrenden Hirschen zu sitzen, mitten im Hochgebirge.

Für uns Kinder war es hergebracht, daß wir nichts schenken durften, was wir nicht selber gemacht hatten. Meine Schwester konnte sich leicht helfen, sie war ja immerhin ein Frauenzimmer und verstand sich auf die Strickerei oder sonst eine von diesen hexenhaften Weiberkünsten, die mir zeitlebens unheimlich gewesen sind. Einmal nun dachte auch ich etwas Besonderes zu tun. Ich wollte den Nähsessel der Mutter mit Kufen versehen und einen Schaukelstuhl daraus machen, damit sie ein wenig Kurzweil hätte, wenn sie am Fenster sitzen und meine Hosen flicken mußte. Heimlich sägte ich also und hobelte in der Holzhütte, und es geriet mir alles vortrefflich. Auch der Vater lobte die Arbeit und meinte, es sei eine großartige Sache, wenn es uns nur auch gelänge, die Mutter in diesen Stuhl hineinzulocken.

Aber aufgeräumt, wie sie am Heiligen Abend war, tat sie mir wirklich den Gefallen. Ich wiegte sie, sanft zuerst und allmählich ein bißchen schneller, und es gefiel ihr ausnehmend wohl. Niemand merkte jedenfalls, daß die Mutter immer stiller und blasser wurde, bis sie plötzlich ihre Schürze an den Mund preßte – es war durchaus kein Gelächter, was sie damit ersticken mußte. Lieber, sagte sie hinterher, weit lieber wollte sie auf einem wilden Kamel durch die Wüste Sahara reiten, als noch einmal in diesem Stuhl zu sitzen kommen! Und tatsächlich, noch auf dem Weg zur Mette hatte sie einen glasigen Blick, etwas seltsam Wiegendes in ihrem Schritt.

Vor dem Heiligen Abend kam noch eine letzte Prüfung, das Bad in der Küche. Das fing ganz harmlos an. Ich saß im Zuber wie ein gebrühtes Schweinchen und plätscherte verschämt mit dem Wasser, in der Hoffnung, daß ich nun doch schon groß genug sei, um der Schande des Gewaschenwerdens zu entgehen. Aber plötzlich fiel die Mutter wieder mit der Reisbürste über mich her. Es half nichts, kein Gezeter und Gespreize. Erst in der äußersten Not erbarmte sich der Vater und nahm ein bis zur Unkenntlichkeit entstelltes, ein durchscheinendes Geschöpf in seine Arme. Und da war sie nun wirklich, die stillste Zeit im Jahr, wirklich Stille und Friede, und köstliche Geborgenheit an seiner breiten Brust.

Der Weihnachtsabend wäre nicht denkbar gewesen ohne ein feierliches Lied, wenn es auch natürlich nicht immer so gut geraten konnte wie in der ersten Heiligen Nacht, als die Engel vom Himmel herunter das Gloria sangen. Später, wenn die Kerzen am Baum längst erloschen waren, um Mitternacht, durfte ich die Mutter zu Mette begleiten. Ich weiß noch gut, wie stolz ich war, als sie mich zum ersten Mal nicht mehr an der Hand führte, sondern neben sich hergehen ließ als ihren Sohn und Beschützer. Und sogar in der Kirche kniete ich nun auf der Männerseite.

Um Mitternacht schlugen die Glocken freudevoll zusammen, und die Kirche erstrahlte in hundertfältigem Glanz. Gloria, sang der Pfarrer mit aller Gewalt. Gloria in excelsis Deo. Die Leute fielen ins Knie, und es waren wieder Hirten und Bauern, wie damals in der gesegneten Stunde. Nachher sangen die Frauen auf dem Chor, und der Pfarrer hielt auch inne, um das Lied anzuhören, diese holde Weise von der stillen, heiligen Nacht.

Der sie erfand, war kein großer Meister, sondern

auch nur ein geringer Mensch. Dieses eine Mal löste ihm der Engel die Zunge, nachher schwieg er wieder.

Aber es ist eine tröstende Botschaft gewesen, über Grenzen und Zeiten hinaus bewegte sie die Herzen der Menschen. Und damit ist viel getan, denn alles Heil kommt aus der Stille.

In meiner sonst recht kargen Jugend war die Weihnacht wirklich der Inbegriff einer freudenreichen Zeit. Aber ist sie das auch heute noch, – freudenreich? Ich jedenfalls laufe tagelang ruhelos durch die Gassen und starre in festliche Schaufenster, um für den und jenen irgend etwas aufzutreiben, was er noch nicht hat, weil er es gar nicht braucht. Dabei wäre das ganze Übel leicht zu beheben, indem man den unnützen Kram, den man selber erhält, wieder weiterschenkt. Aber wer kann sich das Jahr über merken, was er von wem bekommen hat! Leider haben ja die Schenker ein weitaus besseres Gedächtnis als die Beschenkten.

Daheim, in meiner frühesten Zeit, gab es dergleichen Sorgen noch nicht. An einen Christbaum war nie zu denken, schon viel, wenn eine lange Weihnachtskerze die Nacht über brannte. Am Weihnachtsabend mußte bis zur Mettenzeit gefastet werden, aber die Mutter hatte Mühe, ihren Kindern diese frommen Opfer deutlich zu machen. Fasttage waren ja nichts Ungewöhnliches bei uns. Rote Glut leuchtete aus dem offenen Feuerloch und warf Schein und Schatten an die Wände, während wir vor der Bank knieten und den Rosenkranz nachbeteten. Nur der Vater durfte ab und zu aufstehen, um die Bratäpfel im Ofenrohr zu wenden, eine schwierige Arbeit, die ihn jedesmal so lang beschäftigte, bis die Mutter einen mahnenden Blick hinter sich warf. Köstlich zog der Geruch der Äpfel über uns weg durch die Stube, so daß ich mich manchmal an meinem wäßrigen „Erlöse uns von dem Übel" verschluckte. Ich hatte ja noch einen anderen Duft in der Nase, den von einer Suppenschüssel mit heißen Würsten darin, die auf uns wartete, wenn wir steifgefroren aus der Mette nach Hause kamen. Das hielt ich damals für das eigentliche Weihnachtswunder. Daß es an diesem einzigen Tag im Jahr sogar noch um Mitternacht etwas Köstliches zu essen gab.

Nun, das ist anders geworden, Gier nach Wurstsuppe plagt mich schon lang nicht mehr. Aber dafür meldet sich ein anderer Hunger. Wie ich es sagte, ich laufe wieder von einem Laden zum andern, um etwas zu finden, womit ich dem Freund oder der Freundin das Herz erwärmen könnte. Nicht, daß ich die Kosten scheute, viel mehr fürchtete ich mich vor einem flüchtigen Lächeln des Dankes, einem verlegenen Lächeln wahrscheinlich. Warum nur ist es so schwer geworden, Freude zu schenken und dabei selber froh zu sein? Vielleicht müßten wir alle ein wenig ärmer werden, um wieder reicher zu sein.

Einmal geschah das Wunder, daß mich mein Taufpate zur Weihnachtsjause befahl. Dieser Pate war in meinen Augen mindestens so reich und mächtig wie der liebe Gott und offenbar auch allwissend, wie sonst hätte er sich nach so langer Zeit noch meiner erinnern können. Die Mutter putzte mich also heraus wie einen Christengel, ein breites Zopfband meiner Schwester wurde mir um den Hals geknüpft und eine Locke mit der Brennschere in meinen Strohkopf gekräuselt. Mir lag ja die Sorge näher, ob ich etwa meinen Schlitten mitnehmen sollte, für den Fall, daß sämtliche Taschen nicht ausreichen würden, die Fülle von Geschenken nach Hause zu bringen. Aber die Mutter hielt dafür, ich müsse anstandshalber meinerseits ein Geschenk mitbringen, ein Glas mit Eingekochtem für die gnädige Frau Patin. Mir war das einerlei, Preiselbeeren mochte ich ohnehin nicht.

Ich stolperte also durch das Marmorportal der Villa und geriet sogleich an ein weißgestärktes und spitzenverziertes Frauenzimmer. Das faßte vorsichtig mit zwei Fingern nach mir und brachte mich ins Bad, obwohl ich ohnehin weit herum nach Schmierseife roch, Nichts, dachte ich bei mir, nichts muß wohl so schmutzig machen wie der Reichtum, weil sich die Reichen in einem fort waschen müssen.

Nachher fand ich die Familie im Salon versammelt. Der Christbaum füllte das halbe Zimmer aus, er funkelte mich vergnügt aus unzähligen Glaskugelaugen an. Ich selber hockte neben der Hausfrau, und mir gegenüber saß ein dürres Mädchen, das unverwandt auf meine Zopfmasche starrte.

Ich klemmte vorläufig das Eingemachte zwischen die Knie und überlegte im stillen, ob ich wohl gelegentlich die Schienbeine von dem Fräulein Tochter unterm Tisch erreichen könnte, aber da wurde mir schon eine braune Brühe in meine Tasse geschenkt. Bei uns daheim galt die Regel, den Löffel in der Schale mit dem Daumen festzuhalten, nur waren unsere Löffel aus Blech und dieser war aus schwerem Silber. Er kippte unversehens heraus und verschwand mit Geklirr. Natürlich tauchte ich sofort hinterher in die Tiefe, und ich hätte auch alles wieder in Ordnung gebracht, wäre mir nur dabei nicht obendrein das Glas mit dem Eingekochten entwischt. Es rollte über den Boden und setzte da und dort kleine Häufchen von Preiselbeeren auf den Teppich.

„Das kommt davon!" sagte die Gnädige empört zu meinem Paten, und dann verließ sie uns mit rauschender Robe. Mir sagte man gar nichts mehr, was denn davon kam. Die Weißgestärkte nahm mich wieder zwischen die Finger und setzte mich vor der Haustüre ab wie ein ungezogenes Hündchen.

Als ich bestürzt davonschlich, lehnte im Hinterhaus die dicke Köchin am Fenster. „Komm zu mir, wenn es dunkel ist", sagte sie leise, „aber geh durch den Garten, damit dich niemand sieht!"

Ich schluckte geistesgegenwärtig die Tränen hinunter und fragte, ob ich etwa meinen Schlitten mitbringen sollte. „Deinen Schlitten?" sagte die Köchin, „ja, bring ihn nur, das kann nicht schaden..."

Kindheit und Jugend, das liegt weit zurück. Aber die Christnacht ist noch immer voll von Geheimnissen, sie blieb die Nacht der Offenbarung. Lang vor der Mettenzeit tritt man gern einmal vor die Tür und steht allein unter dem Himmel, nur um zu spüren, wie still es ist, wie alles gleichsam den Atem anhält und auf das Wunder wartet. Auf den Höhen sieht man schwebende Lichter, als hätten sich Sterne vom Firmament gelöst und wanderten nun ins Tal. Das sind die Laternen der Leute, die von den Bergen herab zur Kirche gehen. Einmal fand ich auf dem Weg zur Mette eine erfrorene Kuckucksblume am verschneiten Bach. Unzählige braune Samenkörner rieselten mir in die Hand, und während ich sie wieder verstreute, dachte ich bei mir, wie tröstlich es doch ist, daß sich Gottvater nicht auch von den Errungenschaften der Technik erschrecken läßt, sondern daß er nach wie vor seine altmodischen Kuckucksblumensamen erzeugt.

Denn wie ist es in Wahrheit, liebe Freunde? Leben wir nicht in einer Weltzeit des Advent? Scheint uns nicht alles von der aufkommenden Finsternis bedroht zu werden, das karge Glück unseres Daseins? Wir warten bang auf den Engel mit der Botschaft des Friedens und vergessen so leicht, daß diese Botschaft nur denen gilt, die guten Willens sind. Es ist kein Trost und keine Hilfe bei der Weisheit der Weisen und der Macht der Mächtigen. Denn der Herr kam nicht zur Welt, damit die Menschen klüger, sondern damit sie gütiger würden. Und darum sind es allein die Kräfte des Herzens, die uns vielleicht noch einmal werden retten können.

WEIHNACHTSTAGE, WEIHNACHTSNÄCHTE

LANG vor Tag läuten die Glocken zur Messe. Es ist bitterkalt in der Kirche, der Atem dampft weiß vor dem Mund des Pfarrers, wenn er das Rorate coeli betet und inbrünstig fleht: Tauet, Himmel, den Gerechten! Wenn die Tür sich öffnet, stäubt Schnee herein, der Wind torkelt durch die Kirche und wirft sich ungestüm an den Altar, so daß die Lichter erschreckt zusammenzucken. Die Kirchleute drücken die Tür wieder zu und schütteln sich und klopfen an der Torsäule die Schollen von ihrem Schuhwerk. Schwerfällig und steif vom Frost poltern sie in die Bänke, dann kleben sie die Adventkerze vor sich auf das Pult, sie hauchen in die Hände und falten sie um das Licht und wärmen die Finger daran. Aus den Bärten der Männer tropft das tauende Eis, und die Weiber haben weißgefrorene Nasen – mein Gott, was für eine Kälte in diesem Jahr!

Auch in die Fenster stellt man zur Kirchzeit brennende Kerzen, damit Maria den Weg findet und einen Trost hat, wenn sie im Dunkeln vorübergeht. Man legt neugewebtes Linnen oder ein paar Wollsträhnen vor die Krippe im Seitenschiff der Kirche. Von Zeit zu Zeit sammelt der Pfarrer diese Gaben und verteilt sie unter die Armen, aber eigentlich ist das alles der Lieben Frau geschenkt, Linnen und Wolle, weil sie so arm ist und nichts hat, um ihr Kindchen darauf zu betten.

Im Stall kniet sie, ihr Gesicht ist aus weißem Wachs geformt, schön rund und rot blühen ihre Wangen. Zwei blaue Glasperlen sind die Augen, die schauen so rührend unschuldig ins Leere. Verwirrt ist die jungfräuliche Mutter, ein wenig erstaunt und schämig nach allem, was an ihr geschehen ist. Und vor ihr auf einer Schütte Stroh liegt das rosige Himmelskind, da zappelt es und breitet seine Ärmchen aus, und Ochs und Esel stecken die Köpfe herein und beglotzen das Wunder. Der Ochs hat sogar noch ein Büschel Heu im Maul, aber er kaut nicht mehr, er starrt nur und starrt, und so tun seither die Ochsen alle. Sie schauen stundenlang vor sich hin und denken nach und begreifen es nie.

Joseph hingegen steht am Hackstock und versucht die neue Axt, die er vom Schmied geschenkt bekommen hat. Gleich wird er Feuer anmachen und einen Topf für die Suppe zusetzen. Draußen kommen ja schon die Hirten gelaufen, Käse bringen sie und Brot, und einer schiebt ein Lämmchen vor sich her. Ja, alle sind unterwegs, sie rennen und werfen die Arme empor. Sennhüter mit zottigen Bärten, Weiber und Buben, und nur der gläserne Hund sitzt hoch oben im Gebirge und bewacht das Schweizerhäuschen zwischen seinen Pfoten. Über allem aber schwebt ein Engel, golden, gefiedert, der Bote des Friedens.

Das hat der Pater Johannes schön gemacht, auch der Pfarrer findet ein herzliches Gefallen daran. Seht nur den Hund auf dem Berg, den blauen Glashund, ist er nicht wunderbar? Und daß der erste Hirte eine wirkliche Laterne trägt mit einem winzigen Kerzchen darin, das man vielleicht sogar anzünden kann, betrachtet das alles, sagt er in der Predigt.

Betrachtet auch den Vater Joseph. Er hatte ja seine Werkstatt in Nazareth, Haus und Garten und ein paar Geißen dabei, und nun dachte er, daß er wohl auch eine Frau haben könnte, etliche Kinder um die Beine, wenn er auf dem Zimmerplatz stand. Das wäre nicht schlecht, meinte er. Seht, und da war Maria vom Nachbarn, die gefiel ihm schon lange, er überlegte das hin und her in seinem Kopf. Du könntest einmal ein Wort fallen lassen, dachte er, sie wäre die Rechte für das Haus und die Geißen und alles. Ja, das machte er dann so, und es war gut, bis der Engel mit der Botschaft kam, meine Lieben. Das lag dem Mann schwer auf der Seele, glaubt mir, als seine Braut schwanger ging, das war hart für ihn, die Zweifel und das Gerede in Nazareth. Und dennoch verstieß er sie nicht und vertraute ihr. Wenn ihr aber das bedenkt, so ist es mehr als der Lobgesang der Hirten und das Gold der Könige, denn Joseph erkannte den ungeborenen Gott, bloß durch die Kraft seines

Vertrauens und seiner Liebe. Und es möchte wohl zuweilen geschehen, daß der Herr in einem von euch ein Werk tut, und ihr haltet ihn für sündig dem Ansehen nach. Aber das sollt ihr nicht tun, ihr müßt auf den Engel hören, sagt der Pfarrer. Wer seinen Bruder verurteilt, der kann immer irren, aber wer ihm verzeiht, der irrt nie.

Dafür gibt es Beispiele in der Geschichte der Heiligen, wie etwa den frommen Bischof Nikolaus, dessen Fest um diese Zeit gefeiert wird. Nikolaus war ein rechter Vater der Armen, ein Wohltäter im stillen, und weil er dachte, es sei besser, wenn die Leute dem Herrn dankten, von dem aller Segen kommt, statt ihm, der doch nur sein Knecht und Sachwalter war, darum schlich er des Nachts in die Häuser, ein wunderlicher Einbrecher, der nicht raubte, sondern schenkte.

Einmal wollte der Bischof Nikolaus einem armen Eseltreiber Mehl in die Truhe schütten, da saß der Teufel auf dem Deckel.

Hebe dich hinweg! sagte der Bischof.

Mitnichten, sagte der Teufel, ich sitze hier gut.

Der Eseltreiber war nämlich in seiner Verzweiflung ausgegangen, um einen Sack Mehl zu stehlen, und deshalb hockte der Teufel auf der Truhe, um ihm gleich den Hals umzudrehen, wenn er nach Hause kam. Ach Gott, wie war dem Bischof um die arme Seele bang! Er beschrie und beschwor den Bösen und schlug das Kreuz über ihm, allein der wollte nicht weichen. Der Teufel wand sich nur und schwitzte und stank so fürchterlich, daß dem Gottesmann die Augen übergingen.

Indessen kam der Eseltreiber heim, er hörte den Lärm im Hause und erschrak, weil er meinte, es sei schon die Wache hinter ihm her. Eilig lief er und brachte den gestohlenen Sack wieder an seinen Ort. Auf diese Weise half der Teufel dazu, einen Sünder zu bekehren, und das gefiel dem heiligen Nikolaus so wohl, daß er ihn fortan als Grausknecht in seinen Dienst nahm.

Alle Kinder kennen ihn, es ist ein haariger Teufel namens Klaubauf. Im Umgang mit dem Heiligen ist er zahmer geworden, als es sonst der Höllische in seiner Art hat. Er bleckt zwar die Zunge und rasselt mit Ketten, aber wenn man genauer hinsieht, so entdeckt man mitunter Hosenröhren und Schnürstiefel unter seinem Pelz. Im Grunde fürchtet ihn natürlich niemand, obwohl es von Vorteil ist, eine Bettstatt hinter sich zu haben, unter der man verschwinden kann, wenn er mit seiner Birkenrute zu nahe kommt. Er ist nichts weiter als ein Mädchenschreck, ein Angsttraum für die ganz Kleinen. Burschen wie David sind seiner Rute schon entwachsen. Mehr noch, David beschließt sogar, diesmal den Teufel mit Beelzebub auszutreiben und sich selbst als Klaubauf zu versuchen. Zu diesem Zweck entleiht er sich eine Hirschdecke beim Totengräber, der gelegentlich mit Fellen handelt, er gürtet etliche Kuhketten um die Hüften und leimt sich schwarze Wolle ins Gesicht. Die Hörner kann er sich ersparen, wenn er seine Wollhaube aufsetzt und ein paar Krähenfedern hineinsteckt, und was die Zunge betrifft, so braucht er nur seine eigene herauszustrecken, die ist lang genug.

Fehlt noch etwas? Versuchsweise, um die Wirkung zu erproben, rasselt er einmal durch den

Gang und über die Treppe hinunter. Schwester Angela kommt aus der Stube, sie kreischt laut auf und fällt rücklings wieder in die Tür zurück.

Dann steht David so draußen in der Dämmerung, ein einsamer Teufel auf dem verschneiten Kirchplatz. Kein Mensch ist unterwegs, das trifft sich gut, aber gewissermaßen ist es auch unheimlich, so still und so dunkel. Nur die Bäume bewegen sich im lautlosen Wind und schütteln den Schnee aus dem Gezweig. Die Wahrheit zu sagen, es ist David nicht ganz wohl in seiner Haut, ein wenig graut ihm vor sich selber, vor dem scheußlichen Gespenst, das er ist. Er hat eigentlich vorgehabt, in das Pfarrhaus zu gehen, nicht um den alten Pfarrer zu versuchen, sondern um vor einer bestimmten Tür so lange zu rasseln und zu grunzen, bis da jemand auf den Knien lag und mit aufgehobenen Händen um Erbarmen flehte.

Bist du Agnes, wollte er sagen, die einen gewissen David auf den Tod gekränkt und beleidigt hat?

Ja, aber sie wollte es nie mehr tun.

Oh, das käme nun zu spät, die Tränen und das

reumütige Gewinsel, sie hätte sich früher besinnen sollen. Ohne Gnade müßte sie zur Hölle fahren. Ja, und da würde sie an den Zöpfen aufgehängt, unter ihr stünde eine Pfanne mit siedend heißem Krapfenschmalz, und jeden Tag risse ein Haar, nur ein einziges. So dick die Zöpfe auch sind, einmal hinge sie doch am letzten Härchen und fiele und müßte elend verbrennen, wenn nicht David sich im Himmel ihrer erbarmte und ein rotes Band hinunterhängen ließe, an dem sie sich halten könnte. Aber es wäre wohl nicht so sicher, ob er ihr wirklich zu Hilfe käme, nach allem, was sie ihm angetan hat.

Ach, würde Agnes jammern, gibt es denn gar keine Rettung mehr?

Nein, keine.

Und wenn ich ihn kniefällig um Verzeihung bitte? Wenn ich auch den Ring annehme, den er mir kaufen will, und ihm ewig treu sein werde, immer und ewig?

Ja, dann! Dann würde David wohl doch ein letztes Mal gnädig sein, wenn Agnes so gute Vorsätze hätte!

Wäre er nur schon so weit! Es friert ihn erbärmlich an den Zehen, unschlüssig schaut er in den Pfarrgarten hinüber. Dort ist es noch viel finsterer und unheimlicher als unter den Bäumen auf dem Kirchplatz. Außerdem hört David schon die ganze Zeit in der Nähe etwas knurren und schnauben, und wenn das vielleicht der Försterhund ist, so wird es gut sein, sich nach dem Rückweg umzusehen, nach dem kürzesten Weg hinter eine Haustür.

Ja, aber leider hat der Försterhund die Wildhaut schon gewittert, plötzlich kommt er durch den Schnee herangestäubt, und im nächsten Augenblick hockt der hirschlederne Teufel auf dem Birnbaum.

Waldmann läuft im Kreis um den Baum und verbellt das Wild, wie es sich für einen guten Hund gehört. Wahrscheinlich kommt es ihm ein bißchen wunderlich vor, daß die Hirsche neuerdings auf Bäume klettern. Aber einerlei, er tut seine Pflicht und gibt gar nichts auf schöne Reden, auf alle Würste und Zuckerstücke, die ihm David verspricht.

Darüber vergeht eine gute Zeit. Dann und wann unternimmt der Hund etwas gegen die Langeweile, er springt und schnappt nach Davids Zehen, und David zieht die Beine noch ein wenig höher in das Astwerk hinauf. Die Finger frieren ihm ab, vielleicht muß er die ganze Nacht hier oben sitzen, und am Morgen ist er zu Eis erstarrt, ein erfrorener Klaubauf im Birnbaum.

In seiner Herzensangst fängt David laut zu beten an. Alle vierzehn Nothelfer ruft er herab, die vierzig Märtyrer im besonderen, einige von ihnen waren ja selbst mit wilden Tieren ins Gedränge geraten. Den Försterhund rührt freilich auch das nicht, aber schließlich kommt der Retter doch, und zwar in Gestalt des heiligen Nikolaus, der an seinem Tag durch das Dorf wandert, weißbärtig und würdevoll mit Stab und goldener Mütze. Erstaunt hebt er seine Laterne und betrachtet dieses zottige Gespenst auf dem Baum, dann hakt er seinen Krummstab in das Halsband des Hundes, um ihn zum Schweigen zu bringen.

Wer bist du? Ruft er hinauf.

Aber David bleibt die Antwort schuldig. Blitzschnell wischt er herunter und verschwindet mit rasselnden Ketten in der Dunkelheit.

Der heilige Nikolaus und sein Klaubauf stehen da und schütteln die Köpfe und wundern sich sehr. War das etwa doch ein richtiger Teufel, der Leibhaftige, wie man sagt? Stinkt es nicht ein wenig nach Schwefel hinter ihm her?

Eines Abends kurz vor dem Fest schiebt David eine Axt unter den Rock und watet durch den tiefen Schnee in das Jungholz hinauf, um Christbäume zu holen. Einen, den größten, für das Pfarrhaus, den anderen für die Krämerin und die Mutter, und zuletzt noch einen kleinen Wipfel für ihn selbst. Er will heuer auch einen Baum aufputzen, weil er doch gewissermaßen seinen eigenen Hausstand gegründet hat.

Lange sucht er und klettert umher, es müssen schöne Bäume sein, versteht sich, pfeilgerade und regelmäßig im Geäst, solche gibt es nicht viele. Und dabei müssen sie doch dicht genug sein, damit sie etwas tragen können, die Unmenge Kerzen und Nüsse und Backwerk.

Es ist richtiges Christwetter, klar und beißend kalt. Der Schnee blüht in langen Nadeln aus und klirrt unter dem Schuh, und der Tropfen friert einem an der Nase fest. Eine Weile verschnauft David unter den Fichten und betrachtet das abendliche Dorf, wie es da unten liegt, so behaglich und wohlgeborgen in den weißen Betten. Er sucht das Krämerhaus und das Fenster der Mutter. Sie hat schon die Lampe angezündet, sicher sitzt sie noch mit ihrem Strickzeug auf dem Sofa, in Decken eingedreht, und immerfort rollt ihr der Garnknäuel unter die Stühle. David hat lange nachgedacht, was er der Mutter unter den Baum legen könnte. Erst der Garnknäuel brachte ihn auf den Gedanken, daß eine Spanschachtel das beste wäre. Der Vater Thomas lehrte ihn die Kunst, einen dünnen Span von astfreiem Dachholz zu klieben. Über kochendem Wasser bog er ihn rund, dann leimte er Deckel und Boden hinein, und schließlich setzte er sich in das Eßzimmer im Pfarrhof und bemalte die

Schachtel mit prächtigen Farben, während Pater Johannes im Beichtstuhl saß.

David hat seine ganze Kunst daran gewendet, an blutrote Rosen und Gemsen zwischen Vergißmeinnicht, und oben auf den Deckel hat er die Mutter selbst gemalt, weiß und rosig und wunderbar lebensgetreu. Der Vater Thomas meinte zwar, das sei nicht üblich, der Vollmond passe nicht auf eine Spanschachtel. Aber er ist ja kurzsichtig, die feineren Züge erkennt er nicht mehr.

Agnes bekommt die roten Fäustlinge und die Krämerin einen Begonienstock. David hofft wenigstens, daß der Ableger anwachsen und gedeihen wird, um dessentwillen die Köchin Helene insgeheim schon alle Dorfweiber des Diebstahls zeiht. Er hat ihn sorgfältig in eine Fettbüchse gepflanzt und auf einen warmen Platz am Kamin gestellt. Vorerst sieht der Ableger zwar noch recht dürftig aus, aber Agathe wird ihn gewiß zum Blühen bringen, sie hat eine gute Hand für so kümmerliche Gewächse.

Und es kommt der Heilige Abend, der einzige Tag im Jahr, den man rein vergeudet und der erst mit dem Dunkelwerden beginnt. Auf der ganzen Welt gibt es sicher keinen Christenmenschen, der diese Stunde nicht feiert. Mag er auch selbst ganz arm und einsam sein, er wird doch an irgendeine selige Zeit seines Lebens zurückdenken, oder er kann an einem Fenster stehen und Kinder lachen hören, und wenn er sich nur in einen fremden Hausflur drückt, so kommt gewiß jemand vorbei, der ihm zunickt und gute Feiertage wünscht.

Denn an diesem Abend sind alle Menschen freundlich und gut. Friede, sangen die Engel, Friede den Menschen auf Erden!

Auch die alten Leute im Armenhaus ziehen ihr bestes Gewand an, sie stecken ein Tannenreis hinter das Bett, und nach dem Aveläuten kniet jedes vor einem Stuhl und hat sein eigenes Wachslicht brennen. Der Pfarrer kommt herüber und kniet auch hin und betet den freudenreichen Rosenkranz mit ihnen.

David steigt indessen in die Kammer hinauf und entzündet die Lichter an seinem Baum, Kerzenstummel von den Altären, Nüsse hängen am Geäst, Sterne und Kugeln aus Stanniol, vergoldete Lärchenzapfen und ein paar Zuckerstücke, es sieht sich festlich an. Zuletzt schleicht er auf den Zehenspitzen hinaus, schließt die Kastentüren und wartet eine Weile auf dem finsteren Dachboden.

Kling, kling, sagt David, dann macht er die Türen wieder auf und steht überwältigt vor der gleißenden Pracht. Summend und voll Staunens geht er um den Baum herum und schlägt die Hände zusammen und betrachtet alles, was er sich selbst beschert hat, die Äpfel und die Uhr, und das hölzerne Roß auch, das Pferdchen!

Singen kann er leider nicht gut, sonst würde er jetzt ein Lied anstimmen, vielleicht das vom armen Krippenkind, wie es in der kalten Nacht geboren wurde:

Warum, o herziges Kindlein,
liegst du so arm und bloß
und nur in schlechten Windlein
in deiner Mutter Schoß?

David ist selbst um diese Zeit zur Welt gekommen, es steht in seinem Sparbuch. Aber daß es eine böse Nacht war, ohne einen Stern am Himmel und ohne Engelgesang, daß der Wind durch die Magdkammer pfiff, Schnee und eisiger Wind, davon steht nichts in dem Buch. Das hat ihm erst die Mutter erzählt.

Beinahe wären wir erfroren, sagte sie, wir beide. Und dann, am dritten Tag, kam das Fieber dazu. Aber weil es Sonntag war, tat der Knecht ein gutes Werk und zog uns auf dem Heuschlitten in das Tal und noch einen halben Tag weit bis in das Krankenhaus.

Die Mutter erzählt das wunderschön, wie sie also dieser Knecht aus der Kammer heruntertrug und ins Heu bettete und mit Stricken festband. Er war ein riesiger Mensch, schwer und viereckig wie ein Kasten. Und auf dem ganzen Weg sprach er kein Wort. Er schnaufte nur und legte sich in die Gurten mit seiner Bärenkraft, der Schnee lag knietief auf der Straße, und es schneite immer noch, er aber ging gleich einem Pflug hindurch. Schritt für Schritt, Stunde um Stunde. Manchmal blieb er stehen und blies den Schnee aus dem Bart, dann ging er um den Schlitten herum und stäubte auch die Mutter ab, so zart er es konnte mit seinen schwieligen Händen. Wie ein Vater umsorgte er sie, wie Joseph seine Familie auf der Flucht. David schlief die ganze Zeit im Schoß der Mutter, er hatte es dort warm und gut, denn die Mutter glühte im Fieber. Und alles kam ihr so seltsam vor, sie erinnert sich noch gut, wie sonderbar alles war. Die hohen Wipfel im Wald zogen über ihr vorbei, sie sahen wie geflügelte Wesen aus, wie weißbeschwingte Engel am Himmel, und sie sangen auch. Es war ja nur der Wind, der oben durch die Bäume fuhr, aber ihr schien es doch, als schwebte der Schlitten und würde auf und ab getragen, und die Engel summten und sängen lieblich dazu. Und sie sah den Mann vor dem Schlitten hergehen, er hatte seinen runden Hut ins Genick geschoben, der Schnee sammelte sich in der Krempe, und das sah wunderlich aus, wie ein Heiligenschein um seinen Kopf. Dabei kannte ihn die Mutter kaum, er war ein ganz einfältiger Mensch. Nur so ein Knecht, vier Gulden Jahrlohn hatte er, David, solche Menschen gibt es. Das darf man nie vergessen, meinte die Mutter. Den ganzen Tag mühte er sich ab, der Doktor schalt ihn noch aus, weil er ihm Schnee ins Haus schleppte, als er uns vom Schlitten hob und in dem Spital durch die sauberen Gänge trug. Und am anderen Morgen stieg er dann wieder mit seinem Ziehschlitten in den Holzschlag hinauf.

Der Knecht schlug nicht etwa an die Brust und sagte, seht, was für ein guter Mensch ich bin, was für ein Wohltäter! Sondern er vergaß alles wieder. Und wenn Gott einmal seine Werke aus dem Buch liest und sagt: Selig sind die Barmherzigen, denn sie werden Barmherzigkeit erlangen, so wird der Knecht gar nicht verstehen, wofür ihn Gott lobt. Herr, wird er antworten, das hat leicht geschehen können, das war weiter nichts...

David löscht die Kerzen an seinem Christbaum wieder aus, dann wickelt er die Spanschachtel und den Blumenstock in Papier und begibt sich in das Dorf zur Krämerin. Auch er hat ein gutes Gewand angezogen, in diesem Jahr feiert er den Heiligen Abend dreifach. Denn später wird er noch beim Pfarrer einkehren und die Handschuhe unter den Baum legen, ganz im geheimen natürlich. Agnes braucht nicht zu erfahren, wer sich ihrer Blöße erbarmt hat. Und nur, wenn sie vor Freude außer sich wäre und es durchaus wissen wollte, könnte er vielleicht ein Wort fallen lassen – nun ja, sie seien nicht ganz schlecht. Er habe zwar schon bessere Fäustlinge gesehen, aber immerhin, für die Not taugten sie gerade.

Aus allen Fenstern fällt warmer Kerzenschein auf den Dorfplatz. Im Vorübergehen sieht David die Leute in den Stuben vor dem Christbaum beisammenstehen. Das Jüngste hat der Vater auf dem Arm, es hopst und kräht und greift nach den Lichtern. Und die Mutter hat keinen Augenblick Ruhe, eines zerrt an ihrer Schürze, damit sie ihm endlich in die neuen Schuhe hilft, und indessen wird sie vom anderen beinahe erwürgt, weil sie die Puppe noch nicht genug bewundert hat. Anderswo kommt die Sache erst in Gang. Eine Tür öffnet sich eben, ein Rudel Kinder stolpert herein, und dahinter steht wiederum der Vater, es ist überall derselbe hemdärmelige Mann, der wohlwollend lacht und die Zigarre zwischen den krummen Fingern dreht, und es ist auch die gleiche Mutter, die irgendein Paketchen in den Händen hält und den Kopf dazu schüttelt. Denn es ist ja alles reine Verschwendung, was man ihr schenkt!

Auch in den früheren Jahren ging David um diese Stunde über den Dorfplatz, stand vor den erleuchteten Fenstern und drückte seine Nase an die Scheiben. Auf diese Weise konnte er an allem ein wenig teilnehmen, an der Bescherung im ganzen Dorf. Er selbst hatte ja nicht viel zu erwarten, ein paar Äpfel und Dörrbirnen vom Pfarrer, eine Handvoll Zuckerzeug oder etwas Nützliches, ein Paar Strümpfe vielleicht. Und oft verging er fast vor Aufregung und Ungeduld, wenn er mit ansehen mußte, was zum Beispiel dieser Peter mit seiner Mundharmonika anstellte. Rein gar nichts brachte er heraus, während er, David, sicher auf das erste Mal einen flotten Marsch aufgespielt hätte.

Aber heuer ist es anders, diesmal ist er nicht mit leeren Händen unterwegs, nicht Zaungast vor fremden Häusern. Ach Gott, wie freut sich die Mutter über ihre Schachtel, wie bestaunt die Krämerin den schönen Begonienstock! Wird er nun weiß oder rot blühen? Rot, sagt David prophetisch. Wenn nicht Gott ein Wunder wirkt, um des Friedens willen.

David geht stolz und schwitzend in der Stube auf und ab, er trägt Fäustlinge an den Händen und einen Wollschal um den Hals, und alles ist so überaus prachtvoll und festlich. Der Lichterbaum, die Kerzen und das Backwerk und das glitzernde Engelhaar über und über, und ganz oben der gläserne Stern, der sich in der warmen Luft langsam dreht. Nur diese Zuckerkiste sollte nicht dastehen, die verdirbt den ganzen Eindruck.

Aber ist es wirklich eine Zuckerkiste?

Den ganzen Tag lief der Briefträger im Dorf umher – Wallner, Wallner, brummte er, ich kenne keinen, der Cornelius Wallner heißt! Zuletzt kam ihm die Krämerin zu Hilfe. Ach, du lieber Gott, sagte sie, das wird doch nicht David sein? Und sie nahm die Kiste in ihren Laden.

Mit einem Wort, der Kämmerer hat sie geschickt, der Pate, und sie enthält keineswegs Zukkerstücke, obwohl das ja auch nicht übel wäre. In blinder Hast stemmt David den Deckel auf. Es ist natürlich die verkehrte Seite, zuerst findet er nur Holzwolle, aber dann kommt es ans Licht. Ein Bohrer, seht her, ein Hammer! Während David noch den Hammer in der Hand hält, greift er schon nach etwas anderem. Einen Hobel, eine Zange holt er heraus, eine zerlegte Schweifsäge, ein Stemmeisen und Feilen, und alles, alles ist blitzblank und nagelneu. David sitzt da, er hält ein Büschel Holzwolle in jeder Hand und ist völlig verstört und wirr. Werkzeug versteht ihr, was das heißt? Das Werkzeug ist die friedliche Waffe des Mannes. Mit dem Hammer, dem Winkelmaß eroberte er den Erdkreis, nicht mit dem Schwert. Inzwischen haben wir es ja weit gebracht, zugegeben, wir bohren nicht mehr mühsam Löcher in Steine, um einen Ast durchzustecken. Aber im

Grunde ist doch der gewiegteste Maschinenbauer nur ein Lehrling dessen, der den Hammer erfand, jenes Halbgottes am Beginn der Zeit, jenes Riesen an Verstand. Und darum ist das Werkzeug heilig und ehrwürdig und unvergänglich. Der erste gab ihm die Form. Er formte die Axt, Schneide und Hefthaus und Stiel, und so blieb sie durch alle Geschlechter, es war nichts mehr daran zu ändern. Das Werkzeug diente dem Menschen treu, es fügte sich in seine schaffende Rechte und versagte nie.

David ist nicht mehr aufzuhalten, er muß seinen Schatz sogleich dem Pfarrer zeigen. Agathe versteht ja nicht viel davon und die Mutter noch weniger, sie tut es nur aus gutem Willen, wenn sie das Stemmeisen bewundert und meint, das sei aber ein schöner Schraubenzieher. Es ist beinahe gefrevelt, eine Lästerung, freilich nur aus weiblichem Unverstand.

Der Pfarrer aber ist aufs höchste überrascht. Nein, sagt er, daß ihm so etwas eingefallen ist, deinem Paten! Das hätte ich ihm nicht zugetraut!

Oh, dieser heuchlerische Pfarrer! Hat er nicht

selbst vor etlichen Tagen einen Brief vom Kammerherrn bekommen und wiederum einen fortgeschickt?

Nun könnten wir einen Taubenschlag bauen, meint er, was sagst du dazu? Schon seit Jahr und Tag hat er das im Sinn, nur fehlte es immer am Werkzeug für eine so feine Arbeit.

Jawohl, ein Taubenschlag wird gebaut, und Blumenkästen für die Köchin Helene, damit ihr niemand mehr Ableger stehlen kann, und ein Fußschemel für Agnes, aus Birnholz, mit geschweiften Beinen. Sie braucht einen, um den Fuß beim Sticken darauf zu setzen, ein Schemel ist überhaupt unentbehrlich für so ein winziges Ding.

Was hast du da? Fragt sie. Fäustlinge?

Ja, Handschuhe. Willst du sie?

Ach, danke! Agnes hat schon welche aus Leder.

So, lederne. David findet wollene schöner, rote Fäustlinge hat nicht jeder Mensch. Aber gleichviel, Agnes könnte sie ohnehin nicht tragen. Ich glaube, sie wären dir zu klein.

Zu klein? Das will sich Agnes nicht sagen lassen,

sie hat die zierlichsten Händchen von der Welt. Sofort zieht sie die Fäustlinge an, und sie sind mehr als groß genug, seht nur alle her!

Wirklich meint auch der Pfarrer. Und sie stehen dir gut, das muß ich schon sagen!

Allmählich lernt es David, sein Garn so zu legen, daß sich der Vogel fängt.

Bis zur Mette darf kein Fleisch gegessen werden, aber das ist ein geringes Übel, wenn man alle Taschen mit Nüssen und süßen Klotzenbrot angefüllt hat. Der Pfarrer schlurft in seinen neuen Pantoffeln durch die Küche und überwacht die Bratäpfel im Rohr. Es ist eine besondere Kunst, Äpfel richtig zu braten. Prall und saftig müssen sie sein und bis ins Kernhaus weichgeschmort. Und obendrein duften sie auch wunderbar. Weihnachten ist ja überhaupt vor allen anderen Festen durch Gerüche ausgezeichnet. Es riecht nach Tannenreisig, nach Wachs und Weihrauch und Vanille, und nicht nur alle Stuben, auch die Leute selbst riechen so, weil sie bis zum Hals mit guten Sachen vollgestopft sind.

Von Zeit zu Zeit wird es nötig, vor das Haus zu gehen und eine Weile Luft zu schöpfen. Da steht man unter dem sternklaren Himmel, die Welt liegt still und hält den Atem an und wartet auf das Wunder. Lange vor Mitternacht sieht man schwebende Lichter auf allen Höhen, als hätten sich Sterne vom Himmel gelöst und wanderten nun ins Tal. Es sind die Kienfackeln und Laternen der Bergbauern, die zur Mette gehen.

Und dann läuten mit einemmal die Glocken freudevoll, die Kirche erstrahlt im hundertfältigen Glanz der Lichter. Gloria! Singt der Pfarrer, so laut er nur kann, Gloria in excelsis Deo! Und die Leute fallen ins Knie, Hirten und Bauern, wie damals in der gesegneten Stunde.

Zur Christmette singen Frauen auf dem Chor, auch Agathe mit ihrer starken und tiefen Stimme. Der Pfarrer hält inne, um das Lied anzuhören, diese süße und reine Weise von der stillen Heiligen Nacht. Der sie erfand, war kein großer Meister, sondern nur ein geringer Mensch. Ein einziges Mal löste ihm der Engel die Zunge, und dann schwieg er wieder.

Nach der Mette wünscht man einander gute Feiertage auf dem Kirchplatz, man stampft und schlägt mit den Armen, um sich warm zu machen, ehe man nach Hause trabt. Väter schleppen wimmernde Stoffbündel im Arm – ja, der Kleine, er wollte sich den Mettgang nicht nehmen lassen, und nun war die Kälte doch zu arg gewesen! Aber es gibt noch heiße Suppe daheim, gewürzten Wein, und das warme Bett macht vieles wieder gut.

Nicht alles. Es gibt einen Heiligen, Ulrich mit Namen, der in dieser Nacht umgeht und bei denen zu Ehren kommt, die sich zuviel des Guten beigemessen haben, allzuviel an Mandeln und Rosinen und Zuckerzeug.

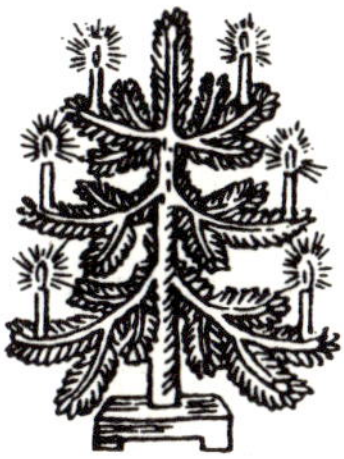

DAS WEIHNACHTSBROT

IN UNSERER Verwandtschaft war es Brauch, daß man sich zur Weihnacht nicht mit Geschenken hin und her belästigte. Nur einer unserer Vettern galt als Ausnahme, weil er als Junggeselle irgendwo in der Einschicht hauste und dort nach dem Hörensagen unabschätzbare Reichtümer hütete. Er war Wegmacher gewesen und hatte jahrelang in der Stille einen ergiebigen Handel nebenher betrieben, mit Schirmen und Brillen und Handschuhen, oder was sonst sorglose Kurgäste auf den Bänken liegen ließen. Einmal fand er sogar einen seidenen Beutel im Kehricht mit etlichen fremdländischen Goldstücken darin. Als ein rechtschaffener und vorsichtiger Mensch lieferte er diesen Schatz im Fundamt ab, und nach drei bangen Jahren konnte er ihn tatsächlich als sein Eigentum zurückverlangen. Daraus zog ich damals die Lehre, daß mitunter sogar die Ehrlichkeit Früchte tragen kann, zur rechten Zeit natürlich und bei rechter Gelegenheit. Insgeheim zählte sich unsere ganze Sippschaft zu den Erben des Vetters, und als zum Advent wieder einmal das Gerücht umging, er werde bald das Zeitliche hinter sich lassen, da konnte sogar meine Mutter ein verschämtes Gelüst nicht ganz unterdrücken. Sie schickte mich zu ihm in der Hoffnung, daß meine Jammergestalt zusammen mit einem Weihnachtsbrot vielleicht das verhärtete Herz des Vettern rühren würde. So begab ich mich also mit diesem köstlichen Wecken unterm Arm auf einen langen Weg der Versuchung; denn der Teufel der Gefräßigkeit lief mit mir und flüsterte mir Anfechtungen ins Ohr. Konnte der zahnlose Vetter die Mandeln und Pistazien, oder gar die Feigen und Zwetschgen überhaupt bewältigen? Sicher nicht. Ich bohrte also den Wecken vorsichtig an, zuerst am einen und dann am anderen Ende und schlang alles hinunter, was einem Todkranken hätte schaden können. Erst vor der Haustür sah ich mit Schrecken, daß ich eigentlich nur noch einen flachen, kümmerlichen Krapfen in Händen hatte.

Zu meinem Glück lag der Vetter in der hinteren Kammer. In der vorderen fand ich nur glosendes Herdfeuer und auf dem Tisch einen Stapel von Weihnachtsbroten, denn die übrige Verwandtschaft war zwar gleich schlau, aber ein wenig flinker gewesen als die Mutter. Heute noch rechne ich es mir als ein Wunder an Geistesgegenwart an, daß ich meinen zerkrümelten Wecken zu den übrigen legte und mit einem noch heilen unterm Arm in die Schlafstube trat. Der Vetter betrachtete mein Christgeschenk und befahl mir, angewidert, es draußen in der Küche irgendwo auf den Haufen zu legen. Daraufhin entspann sich ein Disput zwischen uns. Ich sagte meinem Vetter, der Wecken sei ein köstlicher Wecken und in der Küche fräßen ihn doch nur die Mäuse. Als er zornig behauptete, es gäbe überhaupt keine Mäuse in seinem Hause, da brachte ich ihm kaltblütig meinen ausgeweideten Wecken ans Bett. Der Vetter legte mir gerührt die Hand auf meinen Strohkopf. Ich sei ein braves Kind, sagte er, und dann schenkte er mir noch den guten Wecken samt dem geschändeten, so daß ich auf dem Heimweg auch die letzten Spuren meiner Schandtat vertilgen konnte. Zur Ehre meiner Familie muß ich noch erwähnen, daß wir später nichts von dem Vetter geerbt haben, weil er nämlich gar nichts zu vererben hatte.

DIE ALTE KRIPPE

IN MEINEM Wesen muß wohl etwas Ameisenhaftes tätig sein, nicht etwa der widerliche Fleiß dieser Tiere, das Emsige also, sondern ihr wunderlicher Trieb, alles Erdenkliche unterwegs aufzulesen und in den Bau zu schleppen. Anders wüßte ich nicht zu erklären, wie sich die Jahre her so zweckloser Kram auf meinem Schreibtisch ansammeln konnte, eine Unmenge von Kieselsteinen, ein papierdünner Krähenschädel, den ich meinem Hund abgejagt habe, oder eine harte, schwarzglänzende Knolle, deren Herkunft zuweilen auch gelehrte Besucher in Verlegenheit bringt. Mir selber ist das Was und Woher gleichgültig, diese Dinge sind eben da, um von Zeit zu Zeit in die Hand genommen und betrachtet zu werden. Sein letztes Geheimnis hat noch keines preisgegeben.

Der älteste Gast meiner Stube ist ein spannenhoher Mohr aus Wachs, kostbar in Seide und Brokat gekleidet, einer von den drei Heiligen Königen namens Melchior. Anfangs klebte er oben auf dem Türbalken, ich besaß noch keinen Schreibtisch, als er bei mir einkehrte. Um jene Zeit war ich dabei, mich als junger Lehrer unter den Dorfleuten einzurichten, die ablaufende Flut des Krieges hatte mich in diesem entlegenen Winkel angeschwemmt, einen verdrossenen und aufsässigen Burschen. Meine Pläne flogen hoch hinaus, in mir brannte das Verlangen, ein anderer zu sein als der, der ich war. Ich wußte damals nicht, wie vermessen dieser Wunsch ist und wie tief sich Gottes Güte darin bewährt, daß sie ihn nie erfüllt. Auch die andere Erfahrung fehlte mir noch: daß man das Schicksal nicht mit Vorschlägen verärgern darf, weil es zu viel Wert auf seine eigenen Einfälle legt.

Gleichwohl war der neue Schulmeister mit großen Erwartungen empfangen worden, besonders der Pfarrer hoffte, ich würde dem Brauch nach fähig sein, dem gichtigen Mesner wenigstens die Arbeit des Orgelschlagens abzunehmen. Aber dem war nicht so, ich bin ein bißchen zu langsam von

Natur, und deshalb hatte ich es in vier Schuljahren nicht erlernt, meine Finger schnell genug dorthin zu bringen, wo sie ein eigensinniger Notenschreiber haben wollte.

Eines Abends nun, schon spät im Jahr, kam der geistliche Herr selber zu mir in meine Kammer, mit einer Kiste auf der Schulter. Weil er keine schickliche Gelegenheit sah, seine Last loszuwerden, setzte sich der Pfarrer fürs erste auf mein Bett, mit dieser Kiste in Händen, und dann begann er mir zu erklären, was er sich ausgedacht hatte. Für irgend etwas, hatte er gedacht, müsse doch wohl sogar ein Mensch wie ich zu brauchen sein. Nun käme der Advent, und die Leute erwarteten, daß endlich die Krippe in der Kirche aufgestellt würde. Aber schon im letzten Jahr sei so gut wie nichts mehr vorhanden gewesen, nur die Mutter Maria, ein Hirt, der zur Not den heiligen Joseph vertreten konnte, und der Ochs natürlich, unverwüstlich aus Eisen geschmiedet. Das wächserne Christkind selber habe der Mesner leider zuletzt noch auf das Pflaster fallen lassen. Kurzum, der Pfarrer wußte sich nicht mehr zu raten, und darum wollte er fragen, ob ich mir etwa zutraute, das Nötigste wieder zusammenzuflicken.

Wir schütteten also das Zeug in der Kiste auf den Boden, niesend und hustend, weil nichts zutage kam als eine Wolke aus Mäusekot und vertrocknete Motten. Aber unverdrossen grabend fanden wir doch eine Handvoll Wachsköpfe unter dem Mist, eine Herde lahmer Schäfchen nach und nach, den eisernen Ochsen und einen zerzausten Engel, der aber noch immer das Gloria vom Blatt sang. Unser Eifer machte uns so durstig, daß mein Gast noch einmal in den Pfarrhof lief, um der Köchin einen Krug Wein abzunötigen. Wir saßen noch die halbe Nacht und froren und tranken einander zu wie alte Zechbrüder. Die Bärte brauchten wir uns dabei nicht zu wischen, der Pfarrer durfte keinen tragen und bei mir sproßte noch nicht viel dergleichen auf den Wangen.

Am anderen Morgen ließ ich die Kinder gleich nach dem ersten Vaterunser wieder aus der Schule laufen und fing getrost an, einen neuen Krippenberg aufzubauen, mit klammen Fingern in der eisigen Kirchenluft. Werkzeug verstand ich zu handhaben, ich war bei meinem Vater, dem Zimmermann, in einer guten Lehre gewesen. Aber es fand sich nur wenig Brauchbares in den Truhen auf der Pfarrtenne, – sein Hammer sei der Weihwedel, sagte der Pfarrer beleidigt. Dennoch lief er eifrig hin und wider und schleppte herbei, was ich verlangte oder was er selber für nützlich hielt, er war freilich stärker im Gottvertrauen als im Handwerk.

Ich nagelte nun ein paar Blöcke zusammen, legte gute Bretter darüber und verdarb sie gleich wieder, indem ich Löcher hineinbohrte. Dann schnitzte ich Stäbe aus Schindelholz, um sie in diese Löcher zu leimen, länger oder kürzer nach einer wohlbedachten Ordnung. Aber Leim war nur für Geld zu haben, und da seufzte der Pfarrer schwer. Zum erstenmal las ich Zweifel und Bestürzung aus seinen Augen, – hatte er sich etwa mit einem Abenteurer eingelassen?

In der Folge mußte mein geistlicher Handlanger noch weit mehr an Heimsuchung überstehen.

Nicht genug, daß ich den brüchigen Ofen in der Sakristei anheizte und Leimwasser im Weihbrunnkessel rührte, ich verlangte auch noch den Schlüssel zum Paramentenschrank, zog Leinwand heraus und tauchte sie ungerührt in die heiße Brühe. Dann breitete ich das nasse Tuch über jene Stäbe und formte schnell ein ansehnliches Gebirg aus dem erstarrenden Zeug. Zunächst gefror es ja wohl nur, aber nach und nach, hoffte ich, würden die Nothelfer auch den Leim das Seine tun lassen. Dem Pfarrer blieb indessen keine Zeit, meine Zauberei zu bestaunen, er mußte auf den Altarstufen sitzen und Glasscherben im Küchenmörser zerstoßen, damit wir nachher den höchsten Gipfel mit glitzerndem Schnee bestreuen konnten. Nun war ja schon alles einerlei, auch Pinsel und Farben ließen sich beschaffen, mit den ängstlich gezählten Groschen, die der Opferstock hergab. Wälder und Felsen malte ich, grasgrüne Almböden dazwischen, Weg und Steg wurde gebahnt und Bäche aus gebleichtem Flachs stürzten durch die Schluchten herab, es nahm sich prächtig aus im Kerzenschein.

Ganz zuletzt, um das Wichtigste nicht zu vergessen, schnitt ich ein Loch in die Leinwand und baute den Stall hinein, rechtschaffenes Bundwerk, Krippe und Futtertraufe, und ein verglastes Fenster auch, man konnte es sogar von hinten beleuchten.

Am anderen Tag, der ein Sonntag war, hatte die Kirche einen Zulauf wie nie zuvor. Es stank zwar gräßlich nach Leim und Farbe, aber der Pfarrer tröstete die Gemeinde von der Kanzel herab mit der neuen Wahrheit, daß auch gute Werke mitunter übel röchen. Es galt nun, meine weitläufige Landschaft auch zu bevölkern. Der Kälte wegen lud mich der Pfarrer bei sich auf seiner Stube ins Quartier, und als ich ihm klagte, daß ich wohl leidlich mit Hobel und Stemmeisen, aber weit weniger sicher mit Nadel und Faden umzugehen wisse, hatte er obendrein den Mut, alle Mädchen zur Hilfe herbeizurufen, die im Dorf noch hinter der Jungfernfahne gehen durften, es war ja kein allzugroßes Aufgebot, versteht sich. Immer nach dem Gebetläuten ließ sich auch der alte Herr bei uns nieder, er rauchte behaglich seine Pfeife, und nebenbei las er uns manches Erbauliche über das Leben der Heiligen aus einem Buche vor, bis er endlich selber dabei entschlief. Aber dann rückten sofort zwei ehrwürdige Schwestern vom Armenhaus herüber auf die Wache. Offenbar wollte man mir eher den ganzen Kirchenschatz an Gold und Silber ausliefern, als diese kostbare Mädchenschar, obwohl mir wahrhaftig schon damals in meinen jungen Jahren Gefährlicheres an Versuchungen begegnet war. Mein Teil blieb es schließlich, das hölzerne Getier wieder instand zu setzen, während die Unschuld mit viel Gekicher und Schämigtun Hosen und Röcke für die Hirten schneiderte. Besonders die Mesnertochter zeigte sich anstellig und auch sonst nicht uneben. Sie war ein etwas abschüssiges Frauenzimmer, sozusagen, schwarzgelockt und flink mit der Zunge. Ich hätte sie gut bei mir in der Ofenecke brauchen können, damit sie mir die Schnitzmesser zureichte, aber das wollten die argwöhnischen Schwestern nicht erlauben. Nur soviel konnte ich erreichen, daß ich der Auserwählten ab und zu zeigen durfte, wie der Mantel der Jungfrau und die Gewänder der Könige mit Gold und Perlen zu besticken waren. Gleich wurde ich wieder auf meine Bank gescheucht, um dort arglose Schäfchen auf die Beine zu stellen und einen neuen Esel aus Birnholz zu schnitzen.

Wir sparten nicht mit Einfällen. Sennleute mit Käselaiben unterm Arm oder einem Lämmchen auf den Schultern sollten vom Berg herablaufen, ein Jäger samt seinen Hunden, sogar einen ganzen Brautzug wollten wir sehen lassen mit dem Hochzeitlader und den Musikanten voraus. Der Mesnertochter gefiel freilich mein Esel am besten. Etwas an ihm komme ihr bekannt vor, meinte sie, vielleicht liege es an seinem entsagungsvollen Blick.

Den Dorfleuten gingen jedenfalls die Augen über, als wir am frühen Christabend schön angetan und feierlich gestimmt in die Kirche zogen, um unser Krippenzeug aufzustellen. Da war plötzlich ein buntes Leben und ein heiteres Gedränge unter all dem kleinen Volk aus Holz und Wachs, da funkelte es und gleißte von Edelsteinen im Kerzenlicht, herzbewegend schön. Etliche Griesgräme schüttelten freilich die Köpfe und wollten sauer blicken. Aber ich hielt es schon immer so: wenn die Frömmigkeit im vordersten Kirchenstuhl das wäre, was Gott wirklich will, dann könnte ich auch zu ihm kein rechtes Zutrauen mehr haben.

Auf dem Stroh lag das himmlische Kind, wieder heil an allen Gliedern, Maria kniete vor ihm, und am Türpfosten lehnte der Heilige Joseph, biedere Einfalt im Gesicht. Hinten im milden Licht des Stallfensters konnte man Ochs und Esel erkennen. Sie hatten die Raufe voll Futter und fraßen doch kein Hälmchen, denn was geschehen war, mußte ja diesmal mit dem Kopf, nicht mit dem Maul begriffen werden.

Mir selber gefiel mein Werk nicht weniger als den Leuten in der Runde, damals machte ich mir noch keine Sorgen um Dinge, die den feineren Geschmack betrafen. Die Evangelisten waren alle karge Erzähler gewesen, ihnen lag es näher, das Unerhörte voranzustellen. Gott hatte darauf verzichtet, mit der Gewalt seiner Allmacht in die Zeitenwende zu greifen, er war als Mensch unter die

Menschen gegangen, um ihnen die Not des Daseins vorzuleben und das Geheimnis der Erlösung durch die Kraft des Glaubens zu enthüllen. Das sichtbar Geschehene, das Alltägliche schien ihnen kaum wert, berichtet zu werden. Aber das einfache Gemüt blickte in die Krippe wie in einen Spiegel, es sieht darin ein Gleichnis seiner eigenen Bedrängnis und Dürftigkeit. Wüste oder Bergwildnis, gleichviel, überall sind Mann und Frau unterwegs, um eine Heimstatt für das Kind zu suchen. Das kalte Herz des Nachbarn treibt sie umher auf der Flucht vor dem Hochmut der Mächtigen, und nirgends ist Platz für sie in der Herberge. Darum muß die Schar der Hirten gelaufen kommen, nicht nur um aufs Knie zu fallen, sondern um zu helfen. Denn allein die Armut weiß, daß ein leerer Bettelsack schwerer drückt als ein Sack voll Dukaten. Aber Wunder geschehen doch auch, es kommen nicht etwa Gaukler und Zauberer aus dem Morgenland herbei, sondern großmächtige Könige, die das Volk sogar bei Namen zu nennen weiß, Kaspar Melchior und Balthasar. Nur vom Ochsen und vom Esel hat die Schrift durchaus nichts zu melden. Ich weiß nicht mehr, wo ich die Geschichte von diesem ungleichen Paar zuerst hörte, wahrscheinlich hat sie wohl nur meine Mutter erfunden, um den lästigen Frager loszuwerden, der auf dem Kinderschemel zu ihren Füßen saß.

Demnach war es aber so, daß der Erzengel, während Joseph mit Maria nach Bethlehem wanderte, die Tiere in der Gegend heimlich zusammenrief, um eines oder das andere auszuwählen, das der Heiligen Familie im Stall mit Anstand aufwarten konnte.

Als erster meldete sich natürlich der Löwe. Nur jemand von königlichem Geblüt sei würdig, brüllte er, dem Herrn der Welt zu dienen. Er werde sich mit all seiner Stärke vor die Tür setzen und jeden zerreißen, der sich in die Nähe des Kindes wagte.

„Du bist mir zu grimmig", sagte der Engel.

Darauf schlich der Fuchs heran und erwies in aller Unschuld eines Gaudiebes seine Reverenz mit der Rute. König hin oder her, meinte er, vor allem sei doch für die leibliche Notdurft zu sorgen. Deshalb mache er sich erbötig, süßesten Honig für das Gotteskind zu stehlen, und jeden Morgen auch ein Huhn in den Topf für die Wöchnerin.

„Du bist mir zu liederlich", sagte der Engel.

Nun stelzte der Pfau in den Kreis. Das Sonnenlicht glänzte in seinem Gefieder, rauschend entfaltete er sein Rad. So wolle er es auch hinter der Krippe aufschlagen, erklärte er, und damit den armseligen Schafstall köstlicher schmücken als Salomon seinen Tempel.

„Du bist mir zu eitel", sagte der Engel.

Hinterher kamen noch viele der Reihe nach, Hund und Katze, die kluge Eule und die süß flötende Nachtigall, jedes pries seine Künste an, aber vergeblich. Zuletzt blickte der strenge Cherub noch einmal um sich und sah Ochs und Esel draußen auf dem Felde stehen, beide im Geschirr, denn sie dienten einem Bauern und mußten Tag für Tag am Wassergöpel im Kreis laufen.

Der Engel rief auch sie herbei. „Ihr beiden, was habt ihr anzubieten?"

„Nichts, Euer Gnaden", sagte der Esel und

klappte traurig seine Ohren herunter. „Wir haben nichts gelernt, außer Demut und Geduld. Denn in unserem Leben hat uns alles andere immer nur noch mehr Prügel eingetragen."

„Aber", warf der Ochs schüchtern ein, „aber vielleicht könnten wir dann und wann ein wenig mit den Schwänzen wedeln und die Fliegen verscheuchen!"

„Dann seid ihr die rechten!" sagte der Engel.

Nun, auch mir waren die Himmlischen wohlgesinnt. Es stieg nicht nur mein Ansehen im Dorf, die Krippe brachte mir auch sonst reichen Segen bis ins Neue Jahr hinein, weil die Leute es den Hirten gleichtun wollten und nahrhafte Opfergaben zurückließen, schön verzierte Butterknollen oder eine ganze Speckseite gelegentlich. So hielt es sich dann Jahr für Jahr, bis die Zeiten wieder rauher wurden und mich von neuem ins Gedränge brachten. Als ich heimkehrte, war der alte Pfarrer längst gestorben. Seine Nachfolger hielten es mit dem Fortschritt, sie räumten gründlich auf unter dem ganzen altmodischen Plunder in der Kirche und schafften auch eine andere Krippe an, eine würdigere, das mußte ich zugeben. Inzwischen hatte man ja Fabriken eingerichtet, die imstande waren, den ganzen Heiligenhimmel samt dem lieben Gott aus Gips zu gießen. Das grämte mich weiter nicht, ich war in eine brandneue Zeit geraten, aber doch in der alten daheimgeblieben. Eine Weile stöberte ich unter dem Kirchendach herum, und da fand sich noch etliches, auch mein Mohrenkönig in einer Schachtel voll Staub und Moder. Nun, ich habe hier nichts Tiefschürfendes beibringen, sondern bloß ein wenig erzählen wollen, mit Ehrfurcht auch dort, wo sie vielleicht zu fehlen scheint. Alle echten Dinge sind schlicht und leise, im Kleinen wie im Großen. Laut sind nur die großen Worte.

DIE PELZSTIEFELCHEN

DER MANN, dem diese seltsame Geschichte widerfuhr, hieß Josef Unreim. Es war am Heiligen Abend, kurz nach Einbruch der Dunkelheit. Josef, Dienstmann von Beruf, hatte den ganzen Tag auf seinem Platz gestanden, obwohl es bitter kalt war und der Wind mit grausamer Schärfe durch die enge Gasse zog.

Er stand immer dort, seine schmächtige Gestalt gehörte sozusagen zum Ganzen dieses armseligen Winkels der großen Stadt, und die Vorübergehenden beachteten ihn so wenig wie die verblaßten Bilderbogen im Schaufenster der Papierhandlung, oder wie das giftgrüne Zirkusplakat, das an einer Dachrinne klebte und vom Traufenwasser langsam zerfressen wurde. Die Leute im Viertel waren arm und trugen die Notdurft ihres Lebens auf eigenen Schultern, sie schrieben keine zärtlichen Briefchen und schenkten einander nichts. Zudem, Josef taugte nicht für seinen Beruf, er war furchtbar häßlich. Die Mägde schrien auf, wenn sie die Türe öffneten und die Fratze seines Gesichts wie einen Spuk aus dem Dunkel kommen sahen.

Josef hatte ein gutes Herz, aber das merkte man nicht. Er bemühte sich, sanft und leise zu sprechen, er ging sogar auf den Zehenspitzen, um den schlimmen Eindruck seines Gesichts ein wenig zu mildern. Aber das machte ihn nur noch abscheulicher – es sah aus, als plane er immer irgendein Verbrechen von ausgesuchter Heimtücke. Niemand mochte ihn leiden, die Frauen schlugen ihre Augen vor ihm nieder, wenn sie vorübergingen, und die Hunde kläfften ihn an.

Abends wusch er Gläser in einer Bierstube, er bekam dafür eine Schüssel warmes Essen, und der Kellner erlaubte ihm, unter dem breiten Schanktisch, zwischen Kisten und säuerlich riechenden Fässern zu schlafen.

Nun, es war Weihnacht, da gab es nichts zu tun. Niemand setzte sich an diesem Abend in eine Schenke, es war vielleicht überhaupt kein Mensch so niedrig, daß er nicht irgendwo an dem Feste teilhatte, und daher wußte Josef nicht, wohin er vor Kälte und dem Wind flüchten sollte.

Einzelne Leute gingen noch vorbei, die Frauen rochen nach Backwerk, und die Männer trugen unförmige Dinge unter den Mänteln. Aber alle liefen mit gleicher Hast, sie lächelten und bewegten flüsternd die Lippen.

Josef fühlte etwas Schmerzhaftes in der Kehle aufsteigen. Niemals würde seinetwegen jemand mit Paketen unter dem Arm durch die Gassen laufen, das war selbstverständlich. Aber er hatte Lust, irgendeinem dieser Menschen ein weniges von seiner Freude, von der Seligkeit des Schenkens zu rauben – einfach hinzugehen und zu sagen: „Geben Sie mir das Paket, Herr – dieses Schaukelpferdchen, ich will es für sie tragen – umsonst, es ist Heiliger Abend!"

Ein junger Mann kam in die Gasse, blieb unschlüssig stehen und ging dann auf Josef zu. Er war gut gekleidet, sein kräftiger Atem hatte den Pelz vor seinem Munde weiß bereift.

„Hören Sie", sagte er zerstreut, „Sie müssen mir noch etwas besorgen." – Da sei eine Karte, man werde ihm ein Paket dafür ausfolgen, „ein Paar Pelzstiefelchen, bei Müller und Sohn, Sie kennen das Geschäft?" Ja – schön, dieses Paket habe er abzuliefern, die Adresse sei auf der Karte zu finden. „Aber kommen sie nicht vor acht Uhr, verstanden? – Ihre Nummer?"

„Siebenunddreißig, Herr!"

Der Mann überlegte noch einen Augenblick mit erhobener Hand – „ja, gut" – und ging fort.

Josef schob die Karte in seine Rocktasche und machte sich auf den Weg. Die breite Straße war gefüllt mit Menschen, Schaufenster gossen bunte Lichtströme auf das Pflaster.

Josef trat in einen der Läden und wies die Karte vor. Die Verkäuferinnen wühlten nervös in einem Gebirge von weißen Schachteln. „Die Pelzschuhe? – Ach ja, hier – einen Augenblick..."

Während das Mädchen nach dem Bindfaden suchte, nahm Josef eines der beiden Stiefelchen in die Hand. Sie waren aus zartem, dunkelblauem

Leder genäht, aus dem Innern quoll weißer Pelz wie eine wunderbare fremdländische Blüte. Es schien ihm undenkbar, daß eines Menschen Fuß diese seltsam duftenden Märchenschuhe tragen sollte. Er nahm das Paket in die Arme, wickelte noch einen Flügel seiner Jacke darüber und ging weg, ohne zu grüßen.

Ihm war, als trüge er lebende Wesen an seiner Brust. „Annenstraße", flüsterte er, „es ist nicht weit." Im Vorbeigehen schielte Josef nach den Schuhen der Damen – nichts, es waren gewöhnliche Stiefel, keineswegs immer neu und häufig vom Schnee und Wasserflecken beschmutzt.

Das Haus stand allein inmitten einer parkähnlichen Baumanlage. Es blieb noch mehr als eine Stunde Zeit, aber Josef bedauerte nicht, warten zu müssen. Die Bäume dämpften den Wind, es war dort dunkel und ein wenig wärmer. Josef besaß noch einige kleine Münzen, und plötzlich hatte er den Einfall, sich Zigaretten zu kaufen. Er ließ sich Feuer geben und legte sein Paket auf den Laden. „Bitte", sagte er hochmütig, „der Tisch ist doch wohl sauber?"

Zurückgekehrt, fiel ihm ein, langsam, in nachlässiger Haltung auf und ab zu gehen. Er konnte seine rote Mütze einstecken, dann sah es aus, als warte er da, mit einem Paketchen unter dem Arm. Wenn jemand vorüberging, hüstelte er nervös. „Weiß der Teufel", hieß das – „wo bleibt sie nur so lange?"

Das Rauchen bekam ihm nicht gut, er war wie berauscht, die Knie wurden eigentümlich schwach. Er suchte nach einer Bank und fand nur eine, auf der schon jemand saß, ein dunkles, unkenntliches Wesen. Aus den Fenstern eines Kaffeehauses fiel ein wenig Licht unter die Bäume. Josef entdeckte, daß es ein Kind war, ein Mädchen, vielleicht zwölf Jahre alt. Sie saß aufrecht, wie erstarrt im Krampf des Frierens. Josef beugte sich vor, um ihr Gesicht zu sehen, und erschrak. Das dunkle Tuch umschloß ein fahles, fast greisenhaftes Gesicht, nur die Augen waren groß und glänzten jugendlich.

„Erlauben Sie", sagte Josef beklommen, obwohl er schon saß, und rückte an das Ende der Bank, unschlüssig, wie er dieses gespenstische Wesen anreden sollte.

Das Mädchen schwieg. Eine Weile saßen die beiden so nebeneinander, aber dann wurde das Schweigen unerträglich. Josef fing an, sich umständlich die Hände zu reiben und mit den Fingern zu knacken. Er war erregt und fühlte das Bedürfnis, zu sprechen, dieses erstarrte Wesen neben sich lebendig zu sehen.

„Es ist kalt", sagte er blindlings, „Ekelhaft kalt. Es liegt zu wenig Schnee heuer, das ist der Grund. Weiß der Teufel, ein Blödsinn, da herumzulaufen, statt in der warmen Stube..."

„Wo soll ich ihn suchen?" sagte das Mädchen plötzlich unvermittelt. Sie sprach leise, nach Kinderart, die Worte schnell vor sich hinflüsternd. „Mein Gott, wo, es ist so kalt – nirgends finde ich ihn."

Josef verstand nicht gut. „Ja, höre einmal", sagte er, „du sitzt da – wen willst du denn suchen?"

„Er ist nirgends. Ich war im Keller, und bei Pabetzki war ich – wo soll ich nur hingehen? – Nein, nein..."

Ach so, der Vater! Nun, in Gottes Namen, das war kein so großes Unglück, wenn sie den nicht fand, er war vielleicht inzwischen schon heimgekommen. „Wo wohnst du denn, geh doch einfach nach Hause."

„Nach Hause – nein, die Mutter – es ist jemand bei ihr. Ich bin fort, ich muß den Vater finden. Aber es ist so kalt, ganz tot sind meine Füße."

Josef sah wie durch Nebel in einen Abgrund voll ungeheuerlichen Elends. Aus Angst, noch mehr zu erfahren, rückte er näher und legte den Arm um die Schultern des Mädchens. Sie ließ es geschehen und drückte sich verstohlen an ihn.

„Ja, es ist kalt", sagte Josef begütigend, „ich weiß, wie das ist, besonders an den Füßen."

„Sind Sie auch – so arm?"

Arm? Nein, nein! Josef beteuerte lebhaft, wie um etwas Tröstliches zu sagen, daß er nicht arm sei, keineswegs. Aber die Kälte plage am Ende alle Leute, arme wie reiche.

„Überall kann man frieren", sagte das Mädchen, „an den Händen, im Gesicht, das macht nichts.

Aber die Füße – ich kann nachts nicht schlafen, und wenn ich Hunger habe, ist es ganz schrecklich. – Es tut so weh, und gar nichts hilft."

„Nichts, nein." Josef verstummte. Er betrachtete vornübergeneigt die Schuhe des Kindes. Sie waren aus dunklem Tuch, geflickt und von Nässe durchtränkt. Da gab es welche aus blauem Leder mit Pelz verbrämt...

Es war etwa sieben Uhr, noch wenigstens eine Stunde Zeit. Was konnte es am Ende schaden? „Warte einmal, mein Kind", sagte er fröhlich, „ich habe da etwas, vielleicht hilft es doch."

Er löste die Schnur von seinem Paket und kniete hin, um dem Mädchen die nassen Schuhe abzustreifen. Wahrhaftig, diese Füße – sie waren so kalt, daß er es an seinen erstarrten Fingern fühlen konnte. – „Halte dich nur still, einen Augenblick!" Ohne sich weiter zu besinnen, nahm er die Pelzstiefelchen aus der Schachtel, die kostbaren blauen Pelzstiefelchen, und sie paßten ganz wunderbar. Als er sich aufrichtete, sah ihm das Kind aus seinen großen Augen stumm ins Gesicht. Es schluchzte ein wenig, man wußte nicht recht, ob es lachte oder weinte. Es sah ihn nur an, und seine Lider füllten sich langsam mit Tränen.

„Nun, ist's gut?" fragte Josef, um seine Rührung zu bemeistern. Ja, o ja! Das Mädchen zog die Knie an und steckte auch die Hände noch in das Pelzwerk. Ihr schmächtiger Körper dehnte sich, sie drückte die Schultern dankbar gegen Josefs Brust. Ihr Gesichtchen war mit einem Male frischer und fast hübsch geworden.

Josef fühlte eine schmerzliche Bitterkeit im Herzen. „Siehst du", sagte er traurig – „Kälte und Hunger, das ist nicht das Ärgste, da hilft schon irgend jemand. Aber es gibt noch andere Arten von Unglück. Schau mich an – ich bin häßlich –."

„Häßlich?" sagte das Mädchen unschuldig – „das sind wir alle, Herr!"

„Ja, das sagst du, aber es nicht so. Ich bin häßlich, würdest du mich küssen mögen? – nein, sage nichts, du verstehst das nicht. Siehst du, es kann nicht allen Menschen gut gehen, das stimmt, man plagt sich und leidet sein Teil, ist's nun viel oder wenig. Aber warum muß ich häßlich sein? Warum muß ich aussehen wie ein Raubmörder? Es ist nicht schön, wenn ich es sage: Ich bin ein guter Kerl. Ich bin vielleicht wirklich kein schlechter Mensch, nein. Wer hat mich so gezeichnet, wer lügt da aus meinem Gesicht? Niemand liebt mich, sie wollen nicht einmal, daß ich gut zu ihnen bin..."

Josef merkte plötzlich, daß das Mädchen eingeschlafen war. „Nun freilich", dachte er bitter, „es ist langweilig, mein Gejammer." Er rückte sich zurecht, um es ihr bequemer zu machen und schwieg. Sie atmete sanft, die laue Wärme ihres Leibes strömte auf ihn über.

Wie wird das nun sein, dachte er, fast ein wenig ärgerlich – da schläft sie mit meinen Pelzstiefeln. Es blieb wohl nichts übrig, als sie zu wecken. Er regte den Arm, sie lächelte im Schlaf. Josef zog das Tuch fester um ihre Schultern, und dabei streifte seine Hand an etwas Kaltes, das auf der Bank lag. Es waren die alten Schuhe, zusammengeschrumpft und steif gefroren.

Nein, da war wohl nichts zu ändern, mochte in

Gottes Namen alles seinen Lauf nehmen. Es war vielleicht am besten, wenn er einfach wegging, ehe sie aufwachte. Er löste sich vorsichtig von ihr und lehnte ihren Kopf an den Baum neben der Bank, Sie seufzte nur ein wenig und erwachte nicht.

Josef nahm die Schachtel und ging ruhig fort. Sein Kopf war seltsam leer und nüchtern. Im Vorbeigehen steckte er den Karton durch ein Kellergitter. Ein Wachmann kam ihm entgegen. „Nein", dachte Josef und bog in eine Seitengasse.

Da schlug die Uhr auf der Marienkirche. Acht!

Josef besann sich einen Augenblick, dann kehrte er um und lief dem Wachmann nach, der langsam und verdrießlich durch die leere Straße schlenderte.

„Verzeihen Sie", sagte Josef atemlos, „ich glaube, Sie werden mich verhaften müssen."

Der Wachmann musterte ihn verblüfft. „Was denn..."

„Ja, die Sache ist so – ich habe etwas gestohlen."

„Wissen Sie", sagte der Wachmann ärgerlich, „Sie sind einfach besoffen! Gehen Sie nach Hause, rate ich Ihnen!"

„Nein, glauben Sie mir, ich habe etwas gestohlen! Ein Paar Pelzstiefel, Herr Wachmann!“

„Kommen Sie mit!“

„Es ist nämlich Heiliger Abend“, sagte Josef sinnlos und lächelte…

WORÜBER DAS CHRISTKIND LÄCHELN MUSSTE

ALS JOSEF mit Maria von Nazareth her unterwegs war, um in Bethlehem anzugeben, daß er von David abstamme, was die Obrigkeit so gut wie unsereins hätte wissen können, weil es ja längst geschrieben stand, – um jene Zeit also kam der Engel Gabriel heimlich noch einmal vom Himmel herab, um im Stalle nach dem Rechten zu sehen. Es war ja sogar für einen Erzengel in seiner Erleuchtung schwer zu begreifen, warum es nun der allererbärmlichste Stall sein mußte, in dem der Herr zur Welt kommen sollte, und seine Wiege nichts weiter als eine Futterkrippe. Aber Gabriel wollte wenigstens noch den Winden gebieten, daß sie nicht gar zu grob durch die Ritzen pfiffen, und die Wolken am Himmel sollten nicht gleich wieder in Rührung zerfließen und das Kind mit ihren Tränen überschütten, und was das Licht in der Laterne betraf, so mußte man ihm noch einmal einschärfen, nur bescheiden zu leuchten und nicht etwa zu blenden und zu glänzen wie der Weihnachtsstern.

Der Erzengel stöberte auch alles kleine Getier aus dem Stall, die Ameisen und Spinnen und die Mäuse, es war nicht auszudenken, was geschehen konnte, wenn sich die Mutter Maria vielleicht vorzeitig über eine Maus entsetzte! Nur Esel und Ochs durften bleiben, der Esel, weil man ihn später ohnehin für die Flucht nach Ägypten zur Hand haben mußte, und der Ochs, weil er so riesengroß und so faul war, daß ihn alle Heerscharen des Himmels nicht hätten von der Stelle rühren können.

Zuletzt verteilte Gabriel noch eine Schar Engelchen im Stall herum auf den Dachsparren, es waren solche von der kleinen Art, die fast nur aus Kopf und Flügeln bestehen. Sie sollten ja auch bloß still sitzen und achthaben und sogleich Bescheid geben, wenn dem Kinde in seiner nackten Armut etwas Böses drohte. Noch ein Blick in die Runde, dann hob der Mächtige seine Schwingen und rauschte davon.

Gut so. Aber nicht ganz gut, denn es saß noch ein Floh auf dem Boden der Krippe in der Streu und schlief. Dieses winzige Scheusal war dem Engel Gabriel entgangen, versteht sich, wann hatte auch ein Erzengel je mit Flöhen zu tun!

Als nun das Wunder geschehen war, und das Kind lag leibhaftig auf dem Stroh, so voller Liebreiz und so rührend arm, da hielten es die Engel unterm Dach nicht mehr aus vor Entzücken, sie umschwirrten die Krippe wie ein Flug Tauben. Etliche fächelten dem Knaben balsamische Düfte zu, und die anderen zupften und zogen das Stroh zurecht, damit ihn kein Hälmchen drücken oder zwicken möchte.

Bei diesem Geraschel erwachte aber der Floh in der Streu. Es wurde ihm gleich himmelangst, weil er dachte, es sei jemand hinter ihm her, wie gewöhnlich. Er fuhr in der Krippe herum und versuchte alle seine Künste und schließlich, in der äußersten Not, schlüpfte er dem göttlichen Kind ins Ohr.

„Vergib mir!" flüsterte der atemlose Floh, „aber

ich kann nicht anders, sie bringen mich um, wenn sie mich erwischen. Ich verschwinde gleich wieder, göttliche Gnaden, laß mich nur sehen, wie!"

Er äugte also umher und hatte auch gleich seinen Plan.

„Höre zu", sagte er, „wenn ich alle Kraft zusammennehme, und wenn du still hältst, dann könnte ich vielleicht die Glatze des heiligen Josef erreichen, und von dort weg kriege ich das Fensterkreuz und die Tür..."

„Spring nur!" sagte das Jesuskind unhörbar, „ich halte stille!"

Und da sprang der Floh. Aber es ließ sich nicht vermeiden, daß er das Kind ein wenig kitzelte, als er sich zurechtrückte und die Beine unter den Bauch zog.

In diesem Augenblick rüttelte die Mutter Gottes ihren Gemahl aus dem Schlaf.

„Ach, sieh doch!" sagte Maria selig, „es lächelt schon!"

WIE EIN HIRTENKNABE DAS CHRISTKIND TRÖSTETE

IN JENER NACHT, als den Hirten der schöne Stern am Himmel erschienen war und sie machten sich alle auf den Weg, den ihnen der Engel gewiesen hatte, da gab es auch einen Buben darunter, der noch so klein und dabei so arm war, daß ihn die anderen gar nicht mitnehmen wollte, weil er ja ohnehin nichts besaß, was er dem Gotteskind hätte schenken können.

Das wollte nun der Knirps nicht gelten lassen. Er wagte sich heimlich ganz allein auf den weiten Weg und kam auch richtig in Bethlehem an. Aber da waren die anderen schon wieder heimgegangen und alles schlief im Stall. Der hl. Josef schlief, die Mutter Maria, und die Engel unter dem Dach schliefen auch, und der Ochs und der Esel, und nur das Jesuskind schlief nicht. Es lag ganz still auf seiner Strohschütte, ein bißchen traurig vielleicht in sei-

ner Verlassenheit, aber ohne Geschrei und Gezappel, denn es war ja ein besonders braves Kind, wie sich denken läßt.

Und nun schaute das Kind den Buben an, wie er da vor der Krippe stand und nichts in Händen hatte, kein Stückchen Käse und kein Flöckchen Wolle, rein gar nichts. Und der Knirps schaute wiederum das Christkind an, wie es da liegen mußte und nichts gegen die Langeweile hatte, keine Schelle und keinen Garnknäuel, rein gar nichts.

Da tat dem Hirtenbuben das Himmelskind in der Seele leid. Er nahm das winzig kleine Fäustchen in seine Hand und bog ihm den Daumen heraus und steckte ihn dem Christkind in den Mund.

Und von nun an brauchte das Jesuskind nie mehr traurig zu sein, denn der arme, kleine Knirps hatte ihm das Köstlichste geschenkt, was einem Wickelkind beschert werden kann: den eigenen Daumen.

WIE DER KRANKE VOGEL GEHEILT WURDE

ANFANGS kam nur geringes Volk aus der Stadt heraus zum Stall, sogar etliches Gesindel darunter, wie es sich immer einfindet, wenn viele Menschen zusammenlaufen, aber vor allem auch Arme und Kranke, die Blinden und die Aussätzigen. Sie knieten vor dem Knaben und verneigten sich und baten inbrünstig, daß er sie heilen möchte. Vielen wurde auch wirklich geholfen, nicht durch Wundermacht, wie sie in ihrer Einfalt meinten, sondern durch die Kraft ihres Glaubens.

Lange Zeit stand auch ein kleines Mädchen unter dem Leutehaufen vor der Tür und konnte sich nicht durchzwängen. Die Mutter Maria rief es endlich an. „Komm herein!“ sagte sie. „Was hast du da in deiner Schürze?“ Das Mädchen nahm die Zipfel auseinander und da hockte nun ein Vogel in dem Tuch, verschreckt und zerzaust, ein ganz kleiner Vogel.

„Schau ihn an“, sagte das Mädchen zum Christkind, „ich habe ihn den Buben weggenommen und dann wollte ihn auch noch die Katze fressen. Kannst du ihn nicht wieder gesund machen? Wenn ich dir meine Puppe dafür gebe?“

Ach, die Puppe! Es war ja trotzdem eine arg schwierige Sache. Auch der heilige Josef kratzte sich den kahlen Schädel, sonst ein umsichtiger Mann, und die Bresthaften in ihrem Elend standen rund herum und alle starrten auf den halbtoten Vogel in der Schürze. Hatte etwa auch er eine gläubige Seele?

Das wohl kaum. Aber seht, das Himmelskind wußte selber noch nicht so genau Bescheid und deshalb blickte es einmal schnell nach oben, wo die kleinen Engel im Gebälk saßen. Die flogen, auch gleich herab, um zu helfen, Vögel waren ja ihre liebsten Gefährten unter dem Himmel. Nun glätteten sie dem Kranken das Gefieder und säuberten ihn, sie renkten den einen Flügel sorgsam ein und stellten ihm auch den Schwanz wieder auf, denn was ist ein Vogel ohne Schwanz, ein jämmerliches Ding!

Von all dem merkten die Leute natürlich nichts, sie sahen nur, wie sich die Federn des Vogels allmählich legten, wie er den Schnabel aufriß und ein bißchen zu zwitschern versuchte. Und plötzlich hob er auch schon die Flügel, mit einem seligen Schrei schwang er sich über die Köpfe weg ins Blaue.

Da staunte die Menge und lobte Gott um dieses Wunders willen. Nur das kleine Mädchen stand noch immer da und hielt die Zipfel seiner Schürze offen. Es war aber nichts mehr darin außer einem golden glänzenden Federchen. Und das mußte nicht eine Vogelfeder sein, das konnte auch einer von den Engeln im Eifer verloren haben.

WARUM DER SCHWARZE KÖNIG MELCHIOR SO FROH WURDE

ÄHNLICH verbreitete sich das Gerücht von dem wunderbaren Kinde mit dem Schein ums Haupt und drang bis in die fernsten Länder. Dort lebten drei Könige als Nachbarn, die seltsamerweise Kaspar, Melchior und Balthasar hießen, wie heutzutage ein Roßknecht oder ein Hausierer. Sie waren aber trotzdem echte Könige, und was noch merkwürdiger ist, auch weise Männer. Nach dem Zeugnis der Schrift verstanden sie den Gang der Gestirne vom Himmel abzulesen, und das ist eine schwierige Kunst, wie jeder weiß, der einmal versucht hat, hinter einem Stern herzulaufen.

Diese drei also taten sich zusammen, sie rüsteten ein prächtiges Gefolge aus, und dann reisten sie eilig mit Kamelen und Elefanten gegen Abend. Tagsüber ruhten Menschen und Tiere unter den Felsen in der steinigen Wüste, und auch der Stern, dem sie folgten, der Komet, wartete geduldig am Himmel und schwitzte nicht wenig in der Sonnenglut, bis es endlich wieder dunkel wurde. Dann wandelte er von neuem vor dem Zuge her und leuchtete feierlich und zeigte den Weg.

Auf diese Art ging die Reise gut voran, aber als der Stern über Jerusalem hinaus gegen Bethlehem zog, da wollten ihm die Könige nicht mehr folgen. Sie dachten, wenn da ein Fürstenkind zu besuchen sei, dann müsse es doch wohl in einer Burg liegen und nicht in einem armseligen Dorf. Der Stern geriet sozusagen in Weißglut vor Verzweiflung, er sprang hin und her und wedelte und winkte mit dem Schweif, aber das half nichts. Die drei Weisen waren von einer solchen Gelehrtheit, daß sie längst nicht mehr verstehen konnten, was jedem Hausverstand einging.

Indessen kam auch der Morgen herauf, und der Stern verblich. Er setzte sich traurig in die Krone eines Baumes neben dem Stall, und jedermann, der vorüberging, hielt ihn für nichts weiter als eine vergessene Zitrone im Geäst. Erst in der Nacht kletterte er wieder heraus und schwang sich über das Dach.

Die Könige sahen ihn beglückt. Hals über Kopf kamen sie herbeigeritten. Den ganzen Tag hatten sie nach dem verheißenen Kinde gesucht und nichts gefunden, denn in der Burg zu Jerusalem saß nur ein widerwärtig fetter Bursche namens Herodes.

Nun war aber der eine von den dreien, der Melchior hieß, ein Mohr, baumlang und so tintenschwarz, daß selbst im hellen Schein des Sternes nichts von ihm zu sehen war als ein Paar Augäpfel und ein fürchterliches Gebiß. Daheim hatte man ihn zum König erhoben, weil er noch ein wenig schwärzer war als die anderen Schwarzen, aber nun merkte er zu seinem Kummer, daß man ihn hierzulande ansah, als ob er in der Haut des Teufels steckte. Schon unterwegs waren alle Kinder kreischend in den Schoß der Mütter geflüchtet, sooft er sich von seinem Kamel herabbeugte, um ihnen Zuckerzeug zu schenken, und die Weiber würden sich bekreuzigt haben, wenn sie damals schon hätten wissen können, wie sich ein Christenmensch gegen Anfechtungen schützt. Als letzter in der Reihe trat Melchior zaghaft vor das Kind und warf sich zur Erde. Ach, hätte er jetzt nur ein kleines weißes Fleckchen zu zeigen gehabt oder wenigstens sein Innerstes nach außen kehren können! Er schlug die Hände vors Gesicht, voll Bangen, ob sich auch das Gotteskind vor ihm entsetzen würde.

Weil er aber weiter kein Geschrei vernahm, wagte er ein wenig durch die Finger zu schielen, und wahrhaftig, er sah den holden Knaben lächeln und die Hände nach seinem Kraushaar ausstrecken.

Über die Maßen glücklich war der schwarze König! Nie zuvor hatte er so großartig die Augen gerollt und die Zähne gebleckt von einem Ohr zum andern. Melchior konnte nicht anders, er mußte die Füße des Kindes umfassen und alle seine Zehen küssen, wie es im Mohrenlande Brauch war.

Als er aber die Hände wieder löste, sah er das Wunder – sie waren innen weiß geworden!

Und seither haben alle Mohren helle Handflächen, geht nur hin und seht es und grüßt sie brüderlich.

DER STÖRRISCHE ESEL UND DIE SÜSSE DISTEL

ALS DER HEILIGE Josef im Traum erfuhr, daß er mit seiner Familie vor der Bosheit des Herodes fliehen müsse, in dieser bösen Stunde weckte der Engel auch den Esel im Stall.

„Steh auf!" sagte er von oben herab, „du darfst die Jungfrau Maria mit dem Herrn nach Ägypten tragen."

Dem Esel gefiel das gar nicht. Er war kein sehr frommer Esel, sondern eher ein wenig störrisch im Gemüt. „Kannst du das nicht selber besorgen?" fragte er verdrossen. „Du hast doch Flügel, und ich muß alles auf dem Buckel schleppen! Und warum denn gleich nach Ägypten, so himmelweit!"

„Sicher ist sicher!" sagte der Engel, und das war einer von den Sprüchen, die selbst einem Esel einleuchten müssen.

Als er nun aus dem Stall trottete und zu sehen

bekam, welch eine Fracht der hl. Josef für ihn zusammengetragen hatte, das Bettzeug für die Wöchnerin und einen Pack Windeln für das Kind, das Kistchen mit dem Gold der Könige und zwei Säcke mit Weihrauch und Myrrhe, einen Laib Käse und eine Stange Rauchfleisch von den Hirten, den Wasserschlauch, und schließlich Maria selbst mit dem Knaben, auch beide wohlgenährt, da fing er gleich wieder an, vor sich hinzumaulen. Es verstand ihn ja niemand außer dem Jesuskind.

„Immer dasselbe“, sagte er, „bei solchen Bettelleuten! Mit nichts sind sie hergekommen, und schon haben sie eine Fuhre für zwei Paar Ochsen beisammen. Ich bin doch kein Heuwagen“, sagte der Esel, und so sah er auch wirklich aus, als ihn Josef am Halfter nahm, es waren kaum noch die Hufe zu sehen.

Der Esel wölbte den Rücken, um die Last zurechtzuschieben, und dann wagte er einen Schritt, vorsichtig, weil der dachte, daß der Turm über ihm zusammenbrechen müsse, sobald er einen Fuß voransetzte. Aber seltsam, plötzlich fühlte er sich wunderbar leicht auf den Beinen, als ob er selber getragen würde, er tänzelte geradezu über Stock und Stein in der Finsternis.

Nicht lange, und es ärgerte ihn auch das wieder. „Will man mir einen Spott antun?" brummte er. „Bin ich etwa nicht der einzige Esel in Bethlehem, der vier Gerstensäcke auf einmal tragen kann?"

In seinem Zorn stemmte er plötzlich die Beine in den Sand und ging keinen Schritt mehr von der Stelle.

„Wenn er mich jetzt auch noch schlägt!" dachte der Esel erbittert, „dann hat er seinen ganzen Kram im Graben liegen!"

Allein, Josef schlug ihn nicht. Er griff unter das Bettzeug und suchte nach den Ohren des Esels, um ihn dazwischen zu kraulen. „Lauf noch ein wenig", sagte der heilige Josef sanft, „wir rasten bald!"

Daraufhin seufzte der Esel und setzte sich wieder in Trab.

„So einer ist nun ein großer Heiliger", dachte er,

„und weiß nicht einmal, wie man einen Esel antreibt!"

Mittlerweile war es Tag geworden, und die Sonne brannte heiß. Josef fand ein Gesträuch, das dürr und dornig in der Wüste stand, in seinem dürftigen Schatten wollte er Maria ruhen lassen. Er lud ab und schlug Feuer, um eine Suppe zu kochen, der Esel sah es voll Mißtrauen. Er wartete auf sein eigenes Futter, aber nur, damit er es verschmähen konnte. „Eher fresse ich meinen Schwanz", murmelte er, „als euer staubiges Heu!"

Es gab jedoch gar kein Heu, nicht einmal ein Maul voll Stroh, der heilige Josef in seiner Sorge um Weib und Kind hatte es rein vergessen. Sofort fiel den Esel ein unbändiger Hunger an. Er ließ seine Eingeweide so laut knurren, daß Josef entsetzt um sich blickte, weil er meinte, ein Löwe säße im Busch.

Inzwischen war auch die Suppe gar geworden, und alle aßen davon, Maria aß, und Josef löffelte den Rest hinterher, und auch das Kind trank an der Brust seiner Mutter, und nur der Esel stand da und hatte kein einziges Hälmchen zu kauen. Es wuchs da überhaupt nichts, nur etliche Disteln im Geröll.

„Gnädiger Herr!" sagte der Esel erbost und richtete eine lange Rede an das Jesuskind, eine Eselsrede zwar, aber ausgekocht scharfsinnig und ungemein deutlich in allem, worüber die leidende Kreatur vor Gott zu klagen hat. „I-A!" schrie er am Schluß, das heißt: „So wahr ich ein Esel bin!"

Das Kind hörte alles aufmerksam an. Als der Esel fertig war, beugte es sich herab und brach einen Distelstengel, den bot es ihm an.

„Gut!" sagte der Esel, bis ins Innerste beleidigt. „So fresse ich eben eine Distel! Aber in deiner Weisheit wirst du voraussehen, was dann geschieht. Die Stacheln werden mir den Bauch zerstechen, so daß ich sterben muß, und dann seht zu, wie ihr nach Ägypten kommt!"

Wütend biß er in das harte Kraut, und sogleich blieb ihm das Maul offen stehen. Denn die Distel schmeckte durchaus nicht, wie er es erwartet hatte, sondern nach süßestem Honigklee, nach würzigstem Gemüse. Niemand kann sich etwas derart Köstliches vorstellen, er wäre denn ein Esel. Für diesmal vergaß der Graue seinen ganzen Groll. Er legte die Ohren andächtig über sich zusammen, was bei einem Esel so viel bedeutet, wie wenn unsereins die Hände faltet.

DER TANZ DES RÄUBERS HORRIFICUS

GEGEN ABEND nach der ersten Rast wollte Josef mit den Seinen wieder weiterziehen. Er nahm aber den Esel und ritt voraus hinter einen Hügel, um den Weg zu erkunden. „Es kann doch nicht mehr weit sein bis Ägypten“, dachte er.

Indessen blieb die Muttergottes mit dem Kinde auf dem Schoß allein unter der Staude sitzen, und da geschah es, daß ein gewisser Horrificus des Weges kam, weithin bekannt als der furchtbarste Räuber in der ganzen Wüste. Das Gras legte sich flach vor ihm auf den Boden, die Palmen zitterten und warfen ihm gleich ihre Datteln in den Hut und noch der stärkste Löwe zog den Schweif ein, wenn er die roten Hosen des Räubers von weitem sah. Sieben Dolche steckten in seinem Gürtel, jeder so scharf, daß er den Wind damit zerschneiden konnte, an seiner Linken baumelte ein Säbel, genannt der krumme Tod, und auf der Schulter trug er eine Keule, die war mit Skorpionsschwänzen gespickt.

„Ha!“ schrie der Räuber und riß das Schwert aus der Scheide.

„Guten Abend“, sagte die Mutter Maria. „Sei nicht so laut, er schläft!“

Dem Fürchterlichen verschlug es den Atem bei dieser Anrede, er holte aus und köpfte eine Distel mit dem krummen Tod.

„Ich bin der Räuber Horrificus“, lispelte er, „ich habe tausend Menschen umgebracht...“

„Gott verzeihe dir!“ sagte Maria.

„Laß mich ausreden“, flüsterte der Räuber, – „und kleine Kinder wie deines brate ich am Spieß!“

„Schlimm“, sagte Maria. „Aber noch schlimmer, daß du lügst!“

Hierbei kicherte etwas im Gebüsch, und der Räuber sprang in die Luft vor Entsetzen, noch nie hatte jemand in seiner Nähe zu lachen gewagt. Es kicherten aber nur die kleinen Engel, im ersten Schreck waren sie alle davongestoben und nun saßen sie wieder in den Zweigen.

„Fürchtet ihr mich etwa nicht?" fragte der Räuber kleinlaut.

„Ach, Bruder Horrificus", sagte Maria, „was bist du für ein lustiger Mann!"

Das drang dem Räuber lind ins Herz, denn, die Wahrheit zu sagen, dieses Herz war weich wie Wachs. Als er noch in den Windeln lag, kamen schon die Leute gelaufen und entsetzten sich, „wehe uns", sagten sie, „sieht er nicht wie ein Räuber aus?" Später kam niemand mehr, sondern jedermann lief davon und warf alles hinter sich, und Horrificus lebte gar nicht schlecht dabei, obwohl er kein Blut sehen und kaum ein Huhn am Spieß braten konnte.

Darum tat es nun dem Fürchterlichen in der Seele wohl, daß er endlich jemand gefunden hatte, der ihn nicht fürchtete.

„Ich möchte deinem Knaben etwas schenken", sagte der Räuber, „nur habe ich leider nichts als lauter gestohlenes Zeug in der Tasche. Aber wenn es dir gefällt, dann will ich vor ihm tanzen!"

Und es tanzte der Räuber Horrificus vor dem

Kinde, und kein lebendes Wesen hatte je dergleichen gesehen. Den krummen Tod hob er über sich gleich der silbernen Sichel des Mondes, die Beine schwang er unterhalb mit der Anmut einer Antilope und so geschwind, daß man sie nicht mehr zählen konnte. Er schleuderte alle sieben Dolche in die Luft und sprang durch den zerschnittenen Wind, gleich einer Feuerzunge wirbelte er wieder herab. So gewaltig und kunstvoll tanzte der Räuber, so überaus prächtig war er anzusehen mit seinen Ohrringen und dem gestickten Gürtel und den Federn auf dem Hut, daß sogar die Jungfrau Maria ein wenig Glanz in die Augen bekam. Auch die Tiere der Wüste schlichen herbei, die königliche Uräusschlange und die Springmaus und der Schakal, alle stellten sich im Kreise auf und klopften mit ihren Schwänzen den Takt in den Sand.

Schließlich sank der Räuber erschöpft zu Füßen Marias nieder, und da schlief er auch gleich ein. Josef war längst weitergezogen, als Horrificus endlich wieder aufwachte und benommen seines Weges ging. Alsbald merkte er auch, daß ihn niemand mehr fürchtete. „Er hat ja ein weiches Herz!“ erzählte die Springmaus überall. „Vor dem Kinde hat er getanzt“, zischte die Schlange.

Horrificus blieb in der Wüste, er legte seinen fürchterlichen Namen ab und wurde ein mächtiger Heiliger im Alter, es soll verschwiegen bleiben, wie er im Kalender heißt.

Wenn aber einer von euch etwas zu verbergen hätte und nur sein Herz wäre weich geblieben, so mag er getrost sein. Gott wird ihm dereinst verzeihen, um des Kindes willen, wie dem großen Räuber Horrificus.

NACHWORT

K. H. Waggerl wurde am 10. 12. 1897 als Sohn eines Zimmermanns in Bad Gastein geboren. Er wuchs in ärmlichsten Verhältnissen auf: „... Ich weiß nicht mehr, aus welchem Grund eigentlich unsere Familie damals immer tiefer in Not geriet. Der Armut kann ja jedes kleine Mißgeschick zum unabwendbaren Verhängnis werden. In meinem vierten oder fünften Jahr etwa mußten wir die Heimat ganz verlassen und auf die Wanderschaft gehen... Um die Festzeit kehrten wir heim, ohne Hoffnung freilich, nur damit es wenigstens nicht in der kalten Fremde mit uns zu Ende ginge."

Zum Glück fiel die Begabung des Buben bereits in der Volksschule so deutlich auf, daß dem Vater nahegelegt wurde, ihn in die Stadt aufs Gymnasium zu schicken – damals äußerst ungewöhnlich und zugleich eine große Auszeichnung.

Die folgenden Jahre, geprägt von Hunger, Heimweh, später von Krieg und schwerer Krankheit

(Tuberkulose), überlebte Waggerl nur knapp mit äußerster Zähigkeit: „... Zurückgekehrt, 1930 wollte ich Lehrer werden, aber ich war zu krank, viele Jahre mußte ich alle Kräfte und allen Mut daran wenden, mich überhaupt am Leben zu erhalten... Langsam begann ich Fuß zu fassen, weiß Gott, qualvoll langsam. Es wollte mir nichts glücken, ich war beschaffen wie eine schadhafte Brunnensäule, die das Wasser aus vielen Löchern entläßt, statt mit einem einzigen Strahl aus dem Rohr."

Waggerl schrieb, weil er nicht anders konnte, hatte aber lange Zeit nicht den geringsten Erfolg, bis 1930 der Verleger Kippenberg den Roman „Brot" herausbrachte.

„Ich möchte einfach von dem berichten, was ich wirklich zu wissen meine, und ich möchte das eindeutig tun, mit den einfachsten Mitteln, ohne sprachliche oder stilistische Experimente. Ich bin zufrieden, wenn ein Satz gut klingt, und wenn er nicht mehr kürzer oder verständlicher gesagt werden kann. Mehr habe ich nicht zu tun. Das Kunstwerk lebt von selbst."

Waggerl wurde ein Klassiker der deutschsprachigen Literatur.

Der Klang seiner Prosa ist bis heute unerreicht.

Waggerl war, auch das stellt ein Phänomen dar, selbst sein bester Interpret. Anfangs sehr mißtrauisch gegenüber Mikrophon und Technik, las er zur Freude der Hörer einen Großteil seines Werkes für Radio- und Schallplattenaufnahmen. Öffentliche Lesungen vor Tausenden führten ihn jährlich durch den gesamten deutschen Sprachraum, im Advent war und ist seine Stimme untrennbar mit Weihnacht verknüpft.

„Wir Heutigen, leben wir nicht in einer Weltzeit des Advent? Scheint uns nicht alles von der aufkommenden Finsternis bedroht zu werden, das karge Glück unseres Daseins? Wir warten bang auf den Engel mit der Botschaft des Friedens und überhören so leicht, daß die Botschaft nur denen gilt, die guten Willens sind. Es ist kein Trost und keine Hilfe bei der Weisheit der Weisen und bei der Macht der Mächtigen. Denn der Herr kam nicht zur Welt, damit die Menschen klüger, sondern damit sie gütiger würden. Und darum sind es allein die Kräfte des Herzens, die uns vielleicht noch einmal werden retten können."

Die sechs Kurzgeschichten, die unter dem Titel „Und es begab sich" 1953 herausgegeben wurden, sind aus eben diesen Kräften des Herzens entstanden, ob es sich nun um die Erzählung von Melchior handelt „…Und seither haben alle Mohren helle Handflächen, geht nur hin und seht es und grüßt sie brüderlich", oder um die vom Räuber Horrificus „…Wenn aber einer von euch etwas zu verbergen hätte und nur sein Herz wäre weich geblieben, so mag er getrost sein. Gott wird ihm dereinst verzeihen um des Kindes willen, wie dem großen Räuber Horrificus".

Eine weitere Sammlung wunderbarer Prosastücke zur Weihnachtszeit: „Das ist die stillste Zeit im Jahr" (1956): „…Advent, das ist die stillste Zeit im Jahr, wie es im Liede heißt, die Zeit der frohen Zuversicht und der gläubigen Hoffnung. Es mag ja nur eine Binsenwahrheit sein, aber es ist eine von den ganz verläßlichen Binsenwahrheiten, daß hinter jeder Wolke der Trübsal doch immer auch ein Stern der Verheißung glänzt. Daran trösten wir uns in diesen Wochen, wenn Nacht und Kälte unaufhaltsam zu wachsen scheinen. Wir wissen ja doch, und wir wissen es ganz sicher, daß die finsteren Mächte unterliegen werden, an dem Tag, mit dem die Sonne sich wendet, und in der Nacht, in der uns das Heil der Welt geboren wurde."

Mit dem Weihnachtskapitel aus „Das Jahr des Herrn" (1934), – in vorliegendem Buch in dem Abschnitt „Weihnachtstage, Weihnachtsnächte" vorgestellt – „Das Weihnachtsbrot" (1966) und „Die alte Krippe" (1959) liegt in dieser Ausgabe nun alles vor, was Waggerl zum Thema Weihnacht zu sagen hatte. Sie stellt damit ein historisches Dokument dar und ist zugleich ein unverzichtbarer Begleiter – nicht nur durch den Advent.

Lacerta Santorricelli, Salzburg 1997

Weihnachtlicher Lesezauber

Norbert Blüm
Vom Weihnachtsmann
Geschichten von freudigen Überraschungen
Band 7018
Wir alle dürfen an den Weihnachtsmann glauben, denn es gibt ihn tatsächlich, wie diese Geschichten beweisen.

Odilo Lechner
Vom Weihnachtsstern
Geschichten vom Weg und vom Ziel
Band 7017
Ein Stern als Zeichen der Verheißung, dass ein Licht die Dunkelheit erhellt und ein Wegweiser, der allen leuchtet, die bereit sind zu sehen.

Klaus Kreitmeir
Alles über Weihnachten
Das kleine Weihnachts-ABC
Band 7016
Alles Wissenswerte rund um das Fest, von „A" wie Advent bis „Z" wie Zwölf Nächte.

Christiane Hörbiger
Vom Weihnachtsengel
Geschichten von wunderbaren Begegnungen
Band 7015
Die schönsten Geschichten irdischer und überirdischer „Weihnachtsengeln".

Gabriele Hartlieb (Hg.)
Die Stille im Advent erleben
Inspirationen für die weihnachtliche Zeit
Band 5428
Noch vier Wochen bis Weihnachten! Damit der 1. Advent nicht der Startschuss zur hektischsten Zeit des Jahres wird: Impulse, Ideen und Texte, die zur Stille führen.

Anselm Grün

Weihnachten – Einen neuen Anfang feiern

Fest zwischen den Zeiten

Band 4935

Anselm Grün legt die alten spirituellen Bilder der Advents- und Weihnachtszeit für heute ganz neu in ihrer tiefen psychologischen Bedeutung aus.

Senta Berger

Meine schönsten Weihnachtsgeschichten

ISBN 3-451-28254-2

Tannenduft und Kerzenschimmer, Weihnachtslieder und Lebkuchen gehören zum Weihnachtsfest. Aber vor allem: Gute Geschichten.
Senta Berger hat hier ihre schönsten Weihnachtsgeschichten versammelt.

Wolfgang Kasack

Russische Weihnachten

Ein literarisches Lesebuch

Band 5075

„Ein faszinierendes Zeugnis der alten und ungebrochenen russischen Fähigkeit zu echter, festlicher Freude" (Münchner Merkur).

Pierre Stutz

Weihnachten – unserer Sehnsucht folgen

Band 5098

Pierre Stutz zeigt Möglichkeiten, anders zu feiern. Ein Buch voll neuer Gedanken, Meditationen, Ideen und Inspirationen.

Jörg Zink

Zwölf Nächte

Was Weihnachten bedeutet

Band 5076

In zwölf nächtlichen Meditationen bringt Jörg Zink dem Leser die auch heute noch gültige Botschaft vom Licht in einer dunklen Welt nahe.

Der Balance-Akt Leben

Karlheinz A. Geißler
Es muss in diesem Leben mehr als Eile geben
Band 5045

Ein spannendes Buch vom Hasten und Rasten. Das Fazit von „Europas bekanntestem Zeitforscher" (PM).

Karlheinz A. Geißler
Zeit – verweile doch...
Lebensformen gegen die Hast
Band 4875

„Das Buch für ein menschlicheres Zeitverständnis" (SZ).

Eugen Drewermann
Zeiten der Liebe
Band 5057

Die poetischen Texte treffen den Kern existentieller Fragen. Sie lassen Wege erkennen, die zu einem Leben der Liebe führen.

Gelassenwerden
Herausgegeben von Rudolf Walter
Band 5078

Die innere Gelassenheit wächst, wenn man ihr Raum gibt, wenn es gelingt, loszulassen, Vertrauen zu gewinnen, das Ganze zu sehen.

Anselm Grün
Herzensruhe
Im Einklang mit sich selber sein
Band 4925

Leistung und äußerlicher Wohlstand allein können nicht bringen, wonach sich Menschen wirklich sehnen: innere Ruhe und Seelen-frieden. Der moderne Seelenführer zu einem tieferen Leben.

HERDER spektrum

Anselm Grün
Vergiss das Beste nicht
Inspiration für jeden Tag
Band 4864
365 Anregungen, die der Seele gut tun.

Anthony de Mello
Zeiten des Glücks
Band 5052
Geschichten, die Herzen verwandeln.

Ulrich Schaffer
Wesentlich werden
Band 5043
Zu wissen, worauf es ankommt wird zur Lebensweisheit. Das Wesentliche entdecken heißt Intensität und Lebendigkeit gewinnen.

Ulrich Schaffer
Wenn die Stille spricht
Im Tagebuch sich selbst begegnen
Band 5038
Im Innehalten und Nachdenken wird das Leben voller, reicher, intensiver. Inspirierende Anregungen zum Tagebuchschreiben.

Ulrich Schaffer
Sammle mir Kiesel am Fluß
Mehr als eine Liebesgeschichte
Band 5001
Mit den Kieseln ist es wie mit den Menschen. Jeder ist einzigartig. Die Sprache der Kiesel zu verstehen, heißt das Geheimnis der Liebe zu kennen.